Bruño

PARALELO CERO

Maestro Alonso, 21
28028 Madrid
Teléfono: 91 724 48 00

ISBN: 84-216-3704-5
Depósito legal: M. 5.027-2004

PRIMERA EDICIÓN: mayo 2000
SEGUNDA EDICIÓN: junio 2002
TERCERA EDICIÓN: febrero 2004

PARALELO CERO

Jefe de Publicaciones
Infantiles y Juveniles:
Trini Marull

Producción editorial:
J. Valdepeñas
Edición:
B. Lozano
Diseño:
E. Rebull
Cubierta:
J. F. Parreño

PARALELO CERO

Obra seleccionada
en la Lista de Honor
del Premio CCEI 2001

La última campanada

Alfredo
Gómez Cerdá

A mi madre.
A su entusiasmo y a su risa.

20 de diciembre

EL viento del norte, muy frío, barría con fuerza los caminos del parque del Calero –oasis del barrio de la Concepción– y arremolinaba hojas secas y papeles entre los troncos de los árboles desnudos, que parecían espectros ateridos balanceándose de un lado a otro sin cesar. Y, aunque el cielo estaba completamente despejado, el sol no lograba calentar lo suficiente.

Berta sintió un escalofrío y tiró varias veces de su cazadora de plumas, que le daba mucho calor, pero que, por dictado de la moda, era demasiado corta. En esos instantes recordó los consejos que su madre le había dado semanas antes, cuando habían ido a comprarla a unos grandes almacenes.

–Es muy corta –le advirtió su madre.

–Se llevan así –dijo ella–. A mí me gusta.

–Pero si sólo piensas ponerte debajo uno de esos jerséis tan ceñidos que te dejan el ombligo al aire…

–No empieces –cortó Berta–. Ya te he dicho que a mí me gusta.

La madre se encogió de hombros, aunque a la hora de pagar, ya en la caja, cogió la cazadora con ambas manos y la levantó un poco. No pudo evitar un gesto de desaprobación con su cabeza.

–Desde luego, cuando haga frío, se te va a quedar la tripa helada –comentó.

Entonces, en aquellos grandes almacenes, delante de la cajera, Berta fulminó a su madre con una mirada.

Pero ahora, y aunque le fastidiaba mucho, tenía que darle la razón: la verdad es que tenía la tripa como un témpano de hielo, a pesar de que no hacía más que tirar y tirar de la cazadora para que le cubriese bien la cintura. Y encima, Hugo se había empeñado en volver a casa a pie, atravesando el parque, en vez de coger el autobús, con el frío que hacía. ¡Si hasta por la tele habían dicho que se estaban alcanzando las temperaturas más bajas del año!

–Estoy helada –dijo al tiempo que comenzaba a tiritar.

Entonces Hugo la cogió de la mano, comenzó a correr y tiró con fuerza de ella para obligarla también a correr.

–¡Vamos, vamos! –gritó él.

Como dos esforzados atletas atravesaron el parque de un extremo a otro. Al llegar a las primeras casas, se encontraron el semáforo en verde y, sin dejar de correr, cruzaron hacia la avenida Donostiarra, acceso hacia el centro de la ciudad, por encima de uno de los puentes sobre la M-30.

Sólo entonces se detuvieron. Hugo la ciñó por el talle y ella se colgó de su cuello. Al levantar los brazos, su cintura quedó al descubierto, circunstancia que aprovechó él para acariciarla.

–No me extraña que tengas frío, si vas con la chicha al aire.

–¡No empieces tú también –se molestó Berta–, que a veces bien te gusta que vaya así!

–No he dicho nada, no he dicho nada, no he dicho nada...

Hugo temía los arranques de Berta, así que prefirió no insistir en ello. La abrazó con más fuerza y la besó. Luego, abrazados, continuaron andando en dirección a sus casas. Pero Hugo parecía sentirse especialmente contento y caminaba como si estuviera bailando sobre la acera: daba vaivenes de un lado a otro, arrastrando a Berta y riendo sin cesar. Esta actitud sorprendía a la muchacha, que no podía entender a cuento de qué venía aquella euforia. Volvían del instituto, de recoger las notas del primer trimestre, y las de Hugo eran sencillamente desastrosas: todas las asignaturas suspensas.

–Es que ni aposta pueden sacarse unas notas tan malas como las tuyas –le había comentado ella al ver la papeleta con las calificaciones.

Él se limitó a encogerse de hombros.

–Yo no soy como tú. No me interesa estudiar.

–¿Estás seguro de que no te interesa?

–Oye, no me vengas también con rollos, que bastante voy a tener que aguantar en mi casa. Además, ¿tú sabes realmente para qué estudias?

–A mí no me gusta que me suspendan.

–O sea, que tú estudias sólo porque no te gusta que te suspendan.

–No he querido decir eso. Supongo que estudiar me servirá para encontrar más adelante un trabajo, para comprender las cosas, para ser más culta...

–Pues supones mal. Estudiar no te servirá para nada.

–Pero tú, entonces... ¿qué pretendes?

–Sólo vivir. Y, sobre todo, que me dejen vivir en paz.

Berta no pudo evitar una sensación incómoda, pues a su mente acudió de inmediato la idea de que ella misma podía haberse convertido en un obstáculo para Hugo.

–Yo puedo dejarte en paz en cuanto…

Pero Hugo no dejó que terminara.

–No me refiero a nadie en concreto y mucho menos a ti.

–Pues no te entiendo.

–Creo que estoy andando por un camino que alguien, antes que yo, ha trazado. Y a lo mejor a mí no me gusta andar por ese camino. Eso es lo que siento; no puedo evitarlo.

Hugo cambió radicalmente de conversación. Estaba claro que no quería seguir hablando de esos temas. Comenzó a bromear, a contar chistes, a cantar, a bailar, a hacer el oso… Y, como de costumbre, contagió a Berta; sólo por eso ella había accedido a volver a casa atravesando el parque, con el frío que hacía.

–Es una lástima que no esté lloviendo –comentó.

–Lo que faltaba –Berta negó con la cabeza.

–Podría hacerte un numerito que vi el otro día en una peli por la tele. Es una peli muy antigua que le chifla a mi abuela. Se titula *Cantando bajo la lluvia*. ¿La has visto?

–Me suena.

–Pues está cayendo un chaparrón tremendo y por la calle va un tío, que era un actor muy famoso, pero que no me acuerdo cómo se llamaba, y de repente le da como un pronto y se pone a bailar. Así, así.

Entonces Hugo se soltó de Berta y comenzó a imitar al actor de la película, aunque de forma bastante cómica. Zapateaba una y otra vez sobre la acera y fingía tener un paraguas entre sus manos. Luego comenzó a subir y a bajar del bordillo, hasta que tropezó con un coche y a punto estuvo de caerse de bruces al suelo. Pero en el último instante se rehízo y continuó su alocado baile ante las miradas –a veces sorprendidas, a veces indiferentes– de los pocos transeúntes que pasaban por la calle.

–¡Es una pena que no me acuerde de la música!

–Estás como una cabra.

Hugo parecía enloquecido, bailando y bailando sin cesar, o más bien, dando saltos como un canguro despistado. No dejaba de mirar a Berta, por lo que iba avanzando por la acera de espaldas. Debido a esta circunstancia no vio a un hombre mayor, de entre sesenta y setenta años, que había salido de un pequeño establecimiento y que permanecía junto a la puerta, con un trozo de cartulina rectangular en sus manos. El encontronazo fue inevitable y, como consecuencia, al hombre se le cayó la cartulina al suelo.

–¡Eh, eh, cuidado! –se quejó el hombre al recibir el impacto del cuerpo de Hugo.

–Perdone –se disculpó de inmediato el muchacho–. No le había visto.

–¡Cómo vas a verme, si caminas de espaldas, como los cangrejos! ¿O acaso estabas emulando a Gene Kelly?

Hugo se quedó mirándole con curiosidad y de pronto tuvo la corazonada de que aquel hombre había visto también la película.

–¿Gene Kelly es el actor de *Cantando bajo la lluvia?*

–Naturalmente –contestó el hombre.

–Entonces, ¿usted la ha visto también?

–¿Que si la he visto? Quince o veinte veces, por lo menos.

–¿Y se sabe la canción? Me refiero a la canción que baila ese Gene Kelly hecho una sopa.

–La letra no, que el inglés nunca ha sido mi fuerte; pero sí podría tararearla.

Y sin que Hugo se lo pidiera, aquel hombre tarareó durante unos segundos aquella melodía. Mientras le escuchaba, el muchacho afirmaba exageradamente con la cabeza, como ratificando que, en efecto, aquélla era la música de la película. Berta, algo perpleja, asistía a la escena en silencio, mientras en su fuero interno llegaba a la conclusión de que Hugo no era la única persona en la ciudad que estaba como una cabra.

–Yo pensaba que a los jóvenes de ahora no os gustaban esas películas –comentó el hombre al terminar su demostración.

–Si le digo la verdad, de la peli no me enteré mucho. Sólo me llamó la atención la escena esa de la lluvia y Gene Kelly bailando calado hasta los huesos.

Entonces Hugo reparó en la cartulina que estaba en el suelo y se apresuró a recogerla.

–Perdóneme otra vez por el golpe –le dijo al entregarle la cartulina.

–No ha sido nada, ya ves que sigo entero.

Hugo sonrió y el hombre le devolvió la sonrisa. Entonces, el muchacho no pudo evitar leer lo que ponía en aquella cartulina, aunque no concedió ninguna importancia a las tres palabras que aparecían escritas con letras mayúsculas y rotulador negro.

–Bueno… –se encogió de hombros–. Pues nos vamos, que hace mucho frío y ella –señaló a Berta– está helada.

–Hace mucho frío, sí –dijo el hombre–. Adiós, muchachos, que lo paséis bien.

Hugo y Berta continuaron su camino y, cuando se habían alejado por lo menos veinte metros, él volvió la cabeza. Entonces pudo ver cómo aquel hombre pegaba con una cinta adhesiva la cartulina sobre la puerta de aquel pequeño establecimiento. Y sólo en ese instante se dio cuenta de lo que era: un pequeño taller de relojería.

Se despidieron en la misma esquina de siempre, pues, aunque vivían cerca, sus casas estaban en calles diferentes.

–Que te sea leve –se limitó a decirle Berta.

–¿No vas a darme un beso de despedida?

Ella lo besó mecánicamente y se dio la vuelta. Él se quedó mirándola un poco confundido.

–¡Eh, eh! –protestó–. Que yo no te he hecho nada, ¿vale?

–¡Ya lo sé! –gritó Berta, enjugándose dos lágrimas que habían empezado a surcar sus mejillas–. Pero no puedo dejar de pensar en lo que va a pasar en tu casa en cuanto les enseñes a tus padres las notas. Y estoy disgustada.

–Tú no tienes la culpa.

–¿Y qué quieres que le haga? ¡No puedo evitarlo!

Las lágrimas de Berta arreciaron. Hugo hizo intención de acercarse, pero ella no le dio tiempo. Se volvió y se marchó andando muy deprisa. Él la contempló durante un rato y, finalmente, se dirigió hacia su casa. No quería entrar en razonamientos para tratar de averiguar si ella tenía razón o no; prefería dejar la mente en blanco y no pensar en nada, absolutamente en nada. Pero... ¿era posible no pensar absolutamente en nada?

Al cabo de un rato se sorprendió con el pensamiento en el hombre mayor con el que había chocado en medio de la acera, el que le había tarareado la canción que le servía al tal Gene Kelly para montar el numerito bajo la lluvia.

Entró en el portal, atravesó el amplio vestíbulo y se detuvo frente a la puerta de uno de los ascensores. Una parpadeante flechita indicaba que estaba bajando. Permaneció inmóvil hasta que la puerta se abrió.

–Hola, Hugo –le saludó una vecina que vivía dos pisos más arriba.

–Hola.

Ya en el ascensor pulsó el botón de su planta. Se miró en el espejo y creyó distinguir la figura de Gene Kelly: su anorak se había convertido en una gabardina y su pelo alborotado en un sombrero con las alas ligeramente caídas. Sonrió y trató de silbar aquella melodía; pero, aunque lo intentó varias veces, ni siquiera logró conseguir un par de acordes parecidos.

Salió del ascensor y abrió la puerta de su casa. Le llegó el olor de la comida recién hecha. Colgó su anorak en el perchero de la entrada y se asomó al cuarto de estar. Aún nadie se había sentado a la mesa. Al pasar por delante de la cocina oyó hablar a sus padres.

–¡Hola! –gritó sin detenerse.

Podía oír también a Lorena, su hermana, jugando en su cuarto; por tanto, ya estaban todos en casa. Seguro que, como venía ocurriendo durante las últimas semanas, su padre se habría pasado la mañana haciendo entrevistas o llamando a un sitio y a otro para ver si encontraba trabajo, probablemente sin éxito, por lo que su humor no estaría como para tirar cohetes.

Hugo entró en el cuarto de baño y, mientras se lavaba las manos, volvió a mirarse en el espejo; pero ahora no vio a Gene Kelly embutido en su gabardina, sino a un muchacho de dieciséis años al que le gustaría saber con claridad qué pintaba en este mundo, por qué tenía que hacer siempre lo que otras personas deseaban que hiciera, aunque esas personas fueran sus propios padres, y qué demonios iba a depararle ese futuro envuelto en una nebulosa densa e impenetrable.

Cuando salió del aseo, el resto de su familia ya estaba en el cuarto de estar. Su padre terminaba de distribuir los cubiertos y su madre servía el primer plato: una humeante y aromática sopa.

–¡Qué tarde es! –se quejó la madre–. Todos los días lo mismo, luego tendré que salir corriendo para no llegar tarde a la tienda.

–¡Qué bien huele! –Hugo arrugó en un gesto exagerado las aletas de su nariz.

Lorena ya estaba sentada a la mesa y su madre lo hizo en cuanto acabó de servir el último plato. Ella trabajaba como dependienta en una tienda y tenía el horario partido, de mañana y de tarde; por eso le molestaba retrasarse en la comida, y salir de casa prácticamente con la boca llena, como había tenido que hacer en alguna ocasión. Hugo rodeó la mesa en busca de su sitio habitual, pero su padre se interpuso en su camino.

–¿No tienes nada que decirnos?

–¿A qué te refieres? –Hugo se hizo el despistado.

–Se supone que hoy comenzaban las vacaciones de Navidad y os entregaban las notas del primer trimestre en el instituto –añadió el padre.

–¡Ah, sí!

Hugo se metió las manos en los bolsillos del pantalón y las movió como si estuviera buscando algo.

–No son buenas –le advirtió, al tiempo que sacaba de uno de los bolsillos un papel doblado y bastante arrugado.

El padre se quedó un instante mirando aquel papel y el gesto de su cara comenzó a cambiar.

–¡Dices que no son buenas! ¡Que no son buenas! –su rostro, como siempre que se excitaba por algo, comenzó a ponerse colorado; pero a ronchones, como si su epidermis se hubiera plagado de setas de ese color–. Pero ¿cómo tienes la desfachatez de decir que no son buenas? ¿No se te cae la cara de vergüenza?

Hugo permanecía en silencio, como solía hacer en estas situaciones. No era la primera vez que sacaba unas notas como aquéllas y, por supuesto, tampoco era la primera vez que recibía una bronca de su padre, o de su madre, o de ambos a la vez. Se había resignado y pensaba que era mejor no hacer nada: fingía prestar atención, aunque, en el fondo, escuchaba aquellos gritos como quien oye llover.

–¿A qué aspiras en esta vida? Dime: ¿a qué aspiras? –el padre parecía estar a punto de perder el control y, como si fuera una fiera salvaje, daba la sensación de ir a saltar de un momento a otro sobre su presa para devorarla–. ¿Qué quieres? ¿Ser un don nadie? ¿Eso es lo que deseas? ¿No especializarte en nada y malgastar tu vida dando tumbos de un lado a otro, como he tenido que hacer yo? ¿Pasarte largas temporadas sin trabajo, desesperado, y tener que agarrarte a cualquier cosa, incluso a un clavo ardiendo?

–Muchos de los que estudian también están en paro –dijo Hugo, y él mismo se sorprendió de sus palabras, pues se había hecho el firme propósito de no abrir la boca.

–¡Pero al menos tendrán más posibilidades de no ser unos parias!

–No sé lo que significa parias –replicó Hugo.

–¿No lo sabes? ¡Pues te lo voy a decir yo! ¡Un paria es en lo que te vas a convertir como sigas por este camino! ¡Un paria es... es... una mierda! ¡Eso es lo que es!

–Y si yo quiero convertirme en una mierda, ¿qué?

El padre se quedó desconcertado por las palabras de su hijo, sobre todo, porque era la primera vez que éste no se limitaba a aguantar resignado la regañina. Además, no bajaba la vista como en otras ocasiones, sino que le aguantaba la mirada con cierta osadía, como si en ello le fuera un reto, o como si de esta forma encontrase la seguridad que estaba necesitando.

Quizá por eso la discusión fue de las que se convierten en históricas, de esas que, aunque pasen los años, ni padres ni hijos pueden olvidar. Hugo decidió romper su silencio y su sumisión; gritó tanto o más que su padre y, curiosamente, su rostro también se llenó de rosetones colorados: no podían negar que eran padre e hijo.

Viendo el cariz que tomaba la discusión, la madre se decidió a intervenir y premeditadamente adquirió un papel de mediadora y, por tanto, de apaciguadora; pero era tanta la tensión que sus buenas intenciones no lograron el fin apetecido y, sin darse cuenta, ella misma se descubrió gritando también, ora a su marido, ora a su hijo.

Así estuvieron un buen rato, hasta que la madre, harta, golpeó con fuerza la mesa con sus dos puños cerrados; los platos saltaron y el agua de algunos vasos se derramó sobre el mantel.

–¡Me voy a trabajar o llegaré tarde! –gritó.

Su marido la miró algo desconcertado.

–¿Y no vas a comer nada?

–¡No tengo tiempo y, además, se me ha quitado el apetito!

Atacada de los nervios, la madre abandonó el cuarto de estar, se puso el abrigo y la bufanda, cogió el bolso y salió de casa. El portazo hizo temblar las paredes.

–Yo tampoco tengo hambre –dijo Hugo.

Y el muchacho, sin perder el gesto altanero que había mantenido durante la discusión, se marchó a su habitación. Cerró la puerta y se dejó caer de espaldas sobre la cama. En esa postura permaneció toda la tarde, mirando el techo y las paredes de su propio cuarto, que tanto revelaban de sus gustos y de su forma de ser: los carteles con jugadores de fútbol y baloncesto, los banderines y las medallas que había ganado cuando, más pequeño, había practicado kárate en un gimnasio del barrio, las fotografías, algunos libros en la estantería, muchos casetes, juegos de ordenador, un dinosaurio de cartón piedra...

El padre miró a su hija. Lorena tenía una extraña expresión en su rostro, que reflejaba una mezcla de sorpresa, angustia y miedo.

–¿Tú tampoco tienes hambre? –le preguntó el padre, ya más calmado.

Y ella, sin decir nada, se puso a comer, a pesar de que la sopa se había quedado fría.

A última hora de la tarde, Hugo oyó sonar el teléfono y al rato sintió que se abría despacio la puerta de su habitación. Lorena asomó la cabeza y se quedó mirándolo sin atreverse a decir nada.

–¿Qué pasa? –preguntó al fin Hugo.

–Te llaman por teléfono. Es Berta.

–Dile que estoy vivo.

Lorena, que sin duda no esperaba una salida semejante de su hermano, permaneció inmóvil.

–Díselo –añadió Hugo–. Y dile también que mañana la llamaré yo.

Lorena prefirió no preguntar nada más y se dispuso a cumplir el encargo de su hermano.

Hugo no quiso salir de su habitación ni para cenar y, sólo cuando sintió, ya muy tarde, que todos se habían ido a la cama, se desnudó y se acostó también. No tardó en quedarse dormido, y lo hizo con el pensamiento puesto en un trozo de cartulina, la misma que se le había caído a aquel hombre con el que había chocado en plena calle. No podía borrar de su mente las tres palabras que había leído en ella.

21 de diciembre

Hugo se despertó temprano y enseguida se levantó de la cama, pues notaba su cuerpo algo entumecido por la prolongada inmovilidad. Cuando salió del cuarto de baño, se cruzó con su madre por el pasillo.

–Buenos días.

–Buenos días. Estarás muerto de hambre.

Hugo iba a decir que no, pero sus tripas estaban tan vacías que temía que, ante una negativa suya, éstas empezaran a protestar ruidosamente.

–Pues… sí –reconoció.

–En la cocina encontrarás comida. Ayer todos estábamos desganados. Mientras me ducho, caliéntame la leche, por favor.

Hugo comió hasta saciarse y luego no sólo calentó la leche a su madre, sino que le preparó unas tostadas con mantequilla y un poquito de miel, como a ella le gustaban.

Oyó a su madre salir del cuarto de baño y llamar a Lorena, a la que todavía no habían dado las vacaciones, pues en su colegio apuraban hasta el último día, en el que además celebraban una fiesta. Justo cuando entró en la cocina, Hugo le estaba sirviendo el café en una taza de desayuno.

–¡Cuánta amabilidad! –exclamó la madre–. Pero no creas que así nos vas a ablandar. Tu padre se llevó un disgusto tremendo y yo también.

–¿Se ha marchado ya? –preguntó Hugo haciendo un gesto en dirección al dormitorio de sus padres.

–Sí; tenía una entrevista de trabajo muy lejos, fuera de Madrid, en Arganda, o un pueblo de esa zona. Ya sabes cómo es él, para evitar posibles atascos de tráfico se ha levantado antes que las gallinas.

Hugo sujetaba entre sus manos un tazón lleno de leche con cacao. Lo bebía a sorbitos y no dejaba de observar a su madre. Quería decirle algo, pero no sabía cómo. Quizá por eso lo hizo de sopetón.

–Yo también tengo una entrevista de trabajo.

La madre se atragantó con la tostada y a punto estuvo de comenzar a toser; pero, finalmente, un sorbo de café con leche bebido en el momento oportuno consiguió calmarla.

–¿Qué dices? –preguntó al fin.

Hugo se encogió de hombros.

–Ayer lo dijo papá: si no quieres estudiar, ponte a trabajar. ¿Recuerdas?

–Ayer todos estábamos muy excitados en esta casa.

–Pero yo no quiero estudiar.

Y Hugo lo dijo con tanta seguridad y contundencia que parecía no dejar ningún resquicio a la duda. Su madre se le quedó mirando.

–Tienes dieciséis años.

–Papá tenía dieciséis años cuando comenzó a trabajar.

–Papá se ha arrepentido toda la vida de haber colgado los estudios a los dieciséis años. ¿Quieres que te pase lo mismo?

–Yo quiero tener derecho a equivocarme, como él.

La madre negó ostensiblemente con la cabeza, se bebió lo que le quedaba del café con leche de un sorbo, miró el reloj de pared de la cocina y se levantó. Al llegar a la puerta se detuvo un instante, se volvió hacia su hijo y le señaló con el índice de su mano.

–Hablaremos de todo esto, ¿entendido? Ahora tengo que marcharme o llegaré tarde al trabajo. El último que salga a la calle que cierre la puerta con llave.

Hugo y Lorena salieron al mismo tiempo. Ella con la mochila al hombro, llena de libros y cuadernos; él con las manos en los bolsillos. Bajaron en silencio en el ascensor y caminaron un buen trecho juntos por la calle, pues Hugo iba en la misma dirección en que se encontraba el colegio de su hermana.

–¿Cuándo os dan las vacaciones? –le preguntó, por decir algo.

–Mañana. Aunque mañana ya no habrá clase; haremos una gran fiesta de Navidad.

–¿A ti te gusta estudiar?

Lorena miró de reojo a su hermano.

–Sí.

–Pero ¿tú quieres estudiar una carrera?

–Sí.

–¿Y sabes ya la carrera que quieres estudiar?

–Medicina.

A Hugo le sorprendió mucho que su hermana, a la que sacaba cuatro años, tuviera las ideas tan claras e, incluso, supiera ya hasta la carrera que le gustaría estudiar.

Se despidieron en un cruce y Hugo continuó resuelto su camino. Había tomado una decisión y no pensaba volverse atrás. Recordaba perfectamente el sitio y no tendría ninguna dificultad en encontrarlo.

Cuando llegó a la puerta de aquel pequeño establecimiento, se detuvo un instante, como si quisiera recapacitar una vez más sobre las palabras exactas que debería pronunciar. Era la primera vez en su vida que iba a hacer algo semejante, aunque intuía que no sería la última.

Entonces se quedó mirando el cartel que había en la puerta y su rostro se llenó de sorpresa. Ése no era el que había visto pegar con cinta adhesiva a un hombre la tarde anterior. No; aquel cartel estaba por fuera y, sin embargo, el que podía ver en esos momentos estaba detrás del cristal, colgado de una especie de ganchito. Y lo peor del asunto es que lo que allí había escrito no tenía nada que ver con las tres palabras que recordaba haber leído cuando volvía con Berta hacia casa y, sin darse cuenta, chocó con un hombre mayor que confesaba haber visto, por lo menos, quince o veinte veces *Cantando bajo la lluvia.*

Miró una y otra vez el cartel, como si no pudiera creerse lo que allí estaba escrito:

VUELVO ENSEGUIDA
ESTOY TOMANDO CAFÉ

Desde luego el mensaje estaba muy claro y no daba lugar a duda alguna: se había ido a tomar café y, como había dejado el establecimiento vacío, avisaba a posibles clientes de su inminente vuelta.

Hugo miró a derecha e izquierda por si el hombre, una vez satisfecha su necesidad de tomar café, regresaba de nuevo; pero no había nadie en esos momentos en la acera. Sin embargo, le llamó la atención un bar que estaba a unos cincuenta metros de distancia. Podía ver perfectamente el rótulo con el nombre del bar y un anuncio de refrescos. Pensó entonces que el hombre sólo podía estar en aquel sitio y, decidido, se encaminó hacia él. Entró y no pudo reprimir un gesto de satisfacción al verlo sentado en un taburete, junto a la barra, frente a una taza de café.

Se dirigió también a la barra y se sentó a poca distancia. Pidió un refresco al único camarero que allí había y se lo tomó despacio, mientras contemplaba de reojo al hombre y escuchaba la conversación que mantenía con el camarero, al que parecía conocer desde hacía mucho tiempo.

–¿No te apetecen unos churritos, Enrique? –le preguntó el camarero.

–Claro que me apetecen, pero hoy no tengo el estómago para muchos trotes y los churros, aunque me encantan, me sientan como un tiro.

Hugo pensó al instante que ya había descubierto el nombre de la persona a la que se disponía a pedir trabajo. Se llamaba Enrique. Así le había llamado el camarero.

–¿Prefieres una tostada o un bollo?

–Déjalo, Marcelino, hoy sólo tomaré café –el hombre mayor, Enrique, suspiró al tiempo que negaba con la cabeza–. Me estoy haciendo viejo; ya no puedo ni desayunar unos churritos.

–Creo que tendrás que buscarte otro argumento para demostrarme que te estás haciendo viejo –contestó el camarero–. A mucha gente le sientan mal los churros. A mí, sin ir más lejos. Vamos, es que no puedo ni probarlos.

–Tengo otros argumentos.

–¿Ah, sí? ¿Qué argumentos?

–Veo visiones.

–Eso se arregla cambiando los cristales de las gafas. ¿Cuánto tiempo hace que no vas al oculista?

Enrique concentró la mirada en su café y habló ensimismado:

–Por ejemplo, dentro de la taza, en la superficie espumosa del café, veo el rostro de Amalia. No puedo evitarlo. Aunque cierre los ojos, percibo su cara con nitidez. Y también la veo en muchos rincones de mi casa, y en el taller... Y lo malo es que a veces incluso hablo con esa visión.

–El tiempo irá cerrando las heridas, Enrique –le dijo el camarero.

–El tiempo cierra las heridas, pero no borra las cicatrices. Hace ya tres años que murió y, sin embargo, cada vez se me aparece más su imagen. ¿Te das cuenta? ¿Te convences ahora de que me estoy haciendo viejo?

–No me convencerás –aseguró el camarero–. Estás hecho un chaval.

A Hugo le sorprendió un poco aquel diálogo. Le llamó mucho la atención que Enrique asegurase tener visiones en todas partes y dedujo que a quien veía –esa tal Amalia– debía de ser su mujer, que habría muerto hacía tres años. También le hizo gracia que el camarero, que se llamaba Marcelino, quisiera convencerlo de que estaba hecho un chaval. ¡Qué disparate! Si aquel hombre, en realidad, era un anciano; tenía el pelo muy blanco y el rostro surcado de arrugas. En aquellos momentos, el único chaval que había dentro del bar era él. Eso saltaba a la vista.

Enrique pagó el café y se dispuso a marcharse. Se bajó con dificultad del taburete, se despidió del camarero y se volvió hacia la puerta. En ese momento se fijó en Hugo. Lo miró un instante con curiosidad, como si su rostro le recordase algo o a alguien. El muchacho, incluso, pensó que lo había reconocido y que se acordaba del encontronazo del día anterior.

«Sí, soy yo, el muchacho que imitaba a Gene Kelly en *Cantando bajo la lluvia*», pensó Hugo, aunque no se atrevió a decirlo en voz alta.

Enrique se dirigió hacia la puerta y salió del establecimiento.

Entonces Hugo, sin perder un segundo, abonó su consumición y se fue también. Caminó por la acera a corta distancia, sin dejar de observar a aquel hombre que volvía al trabajo después de tomarse un café, seguramente como había hecho durante años y años.

Al llegar al establecimiento, Enrique se detuvo frente a la puerta acristalada y buscó las llaves. Fue en ese instante cuando Hugo se decidió a abordarlo.

–Buenos días –le dijo, y como notó que la voz le había salido en un tono muy bajo, lo repitió–. Buenos días.

Enrique se volvió hacia él e hizo un gesto de sorpresa.

–Tú estabas en el bar, ¿no?

–Sí –reconoció Hugo.

–Ah, ya entiendo. Has venido a cambiar la pila del reloj, y como has visto el cartelito en la puerta, pues te has marchado también al bar. Me lo podías haber dicho y así no te hubiera hecho esperar.

–No, no es eso... –Hugo titubeó–. Yo venía por lo del cartel. Pero no este cartel que hay ahora, sino por el que estaba poniendo ayer.

–¡Ya caigo! –exclamó de pronto Enrique–. Tú eres el muchacho que iba bailando por la acera como Gene Kelly.

–Sí –sonrió Hugo.

–Ya decía yo que tu cara me sonaba de algo. Ahora lo recuerdo bien, ibas con una chica de tu edad…

–Es mi novia, se llama Berta.

Se produjo un silencio incómodo, como si los dos estuvieran esperando algo que tardaba en llegar. Enrique había sacado las llaves para abrir la puerta del establecimiento.

–Entonces… –Enrique se decidió a romper el silencio–, ¿no quieres cambiar la pila de tu reloj?

–No. En realidad he venido por lo del cartel –Hugo no entendía por qué le costaba tanto trabajo decir lo que quería–. Por lo que ponía en el cartel que estaba colocando ayer en la puerta.

–Recuerdo muy bien lo que ponía en ese cartel. Yo mismo lo escribí: «Se necesita aprendiz.»

–Pero como veo que ha quitado el cartel, pues… supongo que ya lo habrá encontrado.

–No, no lo he encontrado. Lo puse ayer por la tarde y esta mañana, cuando he abierto, he decidido quitarlo. Me he dado cuenta de que ya no existen aprendices. Es algo del pasado, de cuando yo tenía tu edad. Así que me dije que nadie iba a atender mi solicitud y, además, pensé que para qué demonios quería yo un aprendiz, cuando lo más seguro es que mande muy pronto este taller a freír espárragos.

–Pues yo…

–¡Claro! –Enrique pareció descubrir algo–. Si tú vienes por lo del cartel, eso quiere decir que…

–Sí –le confirmó Hugo.

–Pero, si no me equivoco, ayer venías con libros. Me dio la sensación de que estabas estudiando.

–He dejado los estudios –replicó Hugo con seguridad–. Quiero empezar a trabajar.

Enrique arqueó las cejas, tan blancas como su pelo, y miró al muchacho como si tratara de descubrir algún detalle nuevo que le hubiese pasado inadvertido. Luego resopló y se encogió de hombros. Por último, le señaló la puerta abierta invitándolo a pasar.

El local no era muy grande, al menos en apariencia, pues había tres puertas cerradas que a buen seguro comunicarían con otras estancias. Estaba dividido por un mostrador de cristal que permitía ver muchos relojes de pulsera e infinidad de piezas sueltas: engranajes, esferas, manillas, péndulos... Prácticamente, todas las paredes estaban llenas de relojes, algunos colgados directamente de la pared y otros colocados sobre estantes de madera. Los había de todas las clases: relojes de cuco, de péndulo, de campana, despertadores, carillones... La mayoría estaban parados y de algunos pendían papelitos con unos números escritos a mano.

Enrique hizo pasar a Hugo detrás del mostrador y lo invitó a sentarse en una silla junto a una mesa llena de pequeños artilugios y herramientas. Se quitó las gafas y se restregó los ojos con las palmas de las manos antes de comenzar a hablar:

–Cuando yo tenía quince años, entré a trabajar en un taller como éste, de aprendiz, con un relojero que no sólo me enseñó los secretos de todos los mecanismos de relojería, sino que me descubrió lo apasionante que pueden resultar estas pequeñas máquinas inventadas por los seres humanos para medir el tiempo. ¡Medir el tiempo! Al fin y al cabo es lo único que podemos hacer con el tiempo: medirlo.

Pero no detenerlo, ni invertirlo, ni siquiera retardarlo un poquito. Con los años conseguí mi propio taller y me he pasado la vida entera trabajando como relojero. He tenido muchos empleados, pero todos pasaban por aquí como si tuvieran prisa, pues comprendían que ser relojero en los tiempos que corrían era algo con poco futuro. Hoy, la mayoría de los relojes son también de usar y tirar, como tantas otras cosas. El último empleado se despidió la semana pasada; hizo un curso de peluquería por las tardes y ha encontrado trabajo en un salón de belleza. Cuando se marchó, pensé que sería mi último empleado, que cerraría el taller y me jubilaría, que ya había trabajado demasiado en esta vida...; pero ayer, ya viste, me dio... un no sé qué y pegué ese cartel sobre la puerta, el que tú viste al pasar con aquella chica. Esta mañana me di cuenta del error y lo quité. Ya te he dicho que esta profesión tiene poco futuro, muchacho. Creo que te has equivocado de sitio. Bueno, si te digo la verdad, y si me permites que te lo diga, creo que te has equivocado de decisión. Sí; creo que deberías seguir estudiando.

–Estudiar, ¿para qué? –Hugo repitió su pregunta favorita.

–Para que tengas algo que añorar cuando seas adulto.

A Hugo le desconcertó la respuesta de Enrique. Esperaba que le soltase un rollo tremendo sobre la conveniencia de estudiar y de labrarse un porvenir con una carrera, como solían hacer los adultos en cuanto les dabas pie; pero, simplemente, le había dicho que era mejor estudiar para poder añorarlo de mayor. Realmente era una respuesta un poco extraña.

Hugo miró a su alrededor y examinó las paredes con curiosidad. Aquel lugar era distinto a todos los que conocía. Había algo peculiar allí dentro que no podía tocarse, pero que flotaba en el ambiente. Quizá fuera el sonido de tantos relojes en marcha, o esa luz escasa y concentrada sobre la mesa, o el espectro que el relojero decía ver por todas partes…

–¿Te gusta? –preguntó el hombre.

–No sé –reconoció Hugo.

–¿Aún sigues queriendo ese trabajo?

–Sí –respondió Hugo con seguridad.

El relojero alzó la mirada hacia el techo y giró la cabeza de un lado a otro, como si estuviera buscando por algún rincón las palabras que quería decir.

–Supongo que hoy comenzarán las vacaciones de Navidad en tu instituto, y tú te has empeñado en que sean las últimas –dijo–. Si lo deseas, te daré el trabajo, pero si a comienzos de enero, cuando se reanuden las clases, cambias de opinión y prefieres volver a estudiar, hazlo. ¿De acuerdo?

–De acuerdo –dijo Hugo con satisfacción–. Pero no cambiaré de opinión.

–Por cierto, ¿saben tus padres que vas a trabajar?

–Sí, se lo dije a mi madre antes de salir de casa.

–¿Y tu novia?

–No; a Berta se lo diré esta noche.

El relojero tendió su mano a Hugo y éste se la estrechó.

–Me llamo Enrique, Enrique Ginestal.

–Yo me llamo Hugo.

–¿Cuándo estás dispuesto a empezar, Hugo?

–Ahora mismo.

Enrique sonrió y se levantó de la silla. Hugo lo imitó al instante.

–Creo que lo primero que harás será limpiar el taller; hay polvo por todas partes. Límpialo todo y luego friega bien el suelo. ¡Ah!, y pasa una gamuza húmeda a las puertas, sobre todo a la de la calle, que, como ha llovido, está llena de salpicaduras. Creo que mañana te dejaré tocar algún reloj.

Hugo trabajó por primera vez en su vida, y lo hizo con tesón y sin descanso durante toda la mañana. A mediodía regresó a su casa. Comió con su hermana y con su madre, pues su padre aún no había regresado de la entrevista. Cuando empezaron a tomar el postre, se decidió a dar la noticia.

–He empezado a trabajar esta mañana.

Su madre y su hermana lo miraron con la boca abierta.

–En un taller de relojería –continuó Hugo, sin darles tiempo a reaccionar–. Claro, que como he entrado de aprendiz, todavía no he tocado un reloj. He pasado la mañana limpiando el taller, que estaba bastante sucio, y por la tarde tengo que terminar, pues todavía me faltan las puertas, el mostrador y alguna cosa más.

Cuando terminó de comer, telefoneó a Berta para decírselo y, aunque no pudo verla, ella también se quedó con la boca abierta.

Y luego, como en casa se sentía muy impaciente, se marchó a la calle, dio un paseo para hacer tiempo y, a pesar de todo, llegó con veinte minutos de adelanto al taller de relojería. Como la puerta estaba cerrada, se sentó en el escalón y esperó hasta que llegó Enrique Ginestal.

22 de diciembre

SONÓ el despertador y Hugo saltó de la cama. Él mismo lo había puesto en hora la noche anterior. Lo cogió entre las manos y apretó una tecla para que dejase de zumbar. Encendió la luz y durante unos instantes se quedó mirándolo: era de plástico y de un color chillón e indefinible. Aunque nunca antes se había parado a pensarlo, a Hugo le pareció que se trataba de un reloj bastante feo, sobre todo al compararlo con algunos de los que Enrique Ginestal tenía en su taller.

Mientras se lavaba en el cuarto de baño, pensó que hacía mucho tiempo que no se levantaba de la cama tan deprisa, con tanta decisión y con tan poco esfuerzo. Quizá el hecho de estar trabajando le había cambiado, le había vuelto más responsable y menos perezoso.

Cuando llegó a la cocina con ánimo de desayunar, se encontró a sus padres, que por la actitud que mostraban parecían estar esperándolo. Ninguno de los dos le quitaba la vista de encima, como si estuvieran observando con atención a un bicho raro; pero ambos permanecían callados. Hugo recordó entonces la discusión que habían mantenido la noche anterior mientras cenaban, cuando su madre sacó el tema de su abandono de los estudios y acabaron todos dando gritos, salvo Lorena, que los miraba entre asustada y confundida. Pensó que existían muchas probabilidades de que la polémica se reanimase de nuevo, al igual que esas hogueras que parecen estar apagadas y de repente se reavivan con sus propios rescoldos.

–Buenos días –les saludó.

–Buenos días –respondieron a la vez el padre y la madre.

Hugo comenzó a calentar la leche y a prepararse una tostada. El silencio acrecentaba los ruidos habituales de la cocina: el chocar de la taza contra el plato, el resorte del tostador, la cucharilla disolviendo el cacao en la leche…

No recordaba Hugo un silencio tan tenso. Nadie hablaba, y, sin embargo, el aire parecía cargado de mensajes que se cruzaban entre sí.

Desayunó deprisa y fregó tanto su taza como la que poco antes había dejado su madre. Al salir de la cocina, miró de reojo a su padre, que permanecía sentado dando vueltas al café con leche, como si los terrones de azúcar que había echado en la taza fueran de acero y no consiguiera disolverlos.

Se puso el anorak y, cuando se disponía a abrir la puerta de la calle, oyó a sus espaldas la voz de su madre.

–Espera, que yo también me voy. Bajaremos juntos.

Ella parecía querer decirle un montón de cosas, tantas, que quizá no sabía por dónde comenzar. No hacía más que mirarlo y mirarlo, y negar con la cabeza una y otra vez, como si tuviera un tic nervioso. En el ascensor, Hugo volvió la cabeza para no verla, pues le estaba empezando a poner nervioso.

Mientras cruzaban el portal y al tiempo que se anudaba la bufanda al cuello, la madre le dijo:

–¿No te gustaría estar ahora en la cama, bien calentito?

Hugo la miró. Sabía que no era eso lo que realmente quería decirle. Lo había dicho por hablar de algo, por no seguir callada durante más tiempo; pero en el fondo le gustaría repetirle todo lo que le había dicho la noche anterior, cuando trató de convencerlo por todos los medios para que dejara el trabajo y volviera a los estudios.

–No quiero estudiar, mamá.

–¿Prefieres mejor ser… relojero?

–No sé lo que quiero, pero me gustaría que al menos me dejaseis descubrirlo. A lo mejor decido que no quiero ser nada de nada. ¿Por qué no va a haber gente en el mundo que no quiera ser nada de nada?

–¡Qué bonito! ¿Y cómo piensas ganarte la vida entonces?

–Pediré limosna –respondió Hugo con un poco de sorna–. Ser mendigo puede ser algo muy interesante.

La madre se detuvo en seco y lo fulminó con la mirada.

–No te doy una torta porque estamos en medio de la calle, pero te aseguro que de buena gana…

Y se dio media vuelta, en dirección a la boca del metro.

Hugo continuó su camino y, aunque fue muy despacio, parándose incluso delante de un par de escaparates, llegó al taller de relojería diez minutos antes que Enrique Ginestal, quien a su vez llegó diez minutos antes de la hora de apertura.

–No hace falta que vengas tan pronto –le dijo Enrique al verlo–, sobre todo por las mañanas; hace mucho frío para estar aquí parado, esperando.

–Me gusta ser puntual en el trabajo.

–Ya veo.

Enrique abrió la puerta, encendió la luz y conectó la calefacción. Luego, ambos entraron en el taller. Hugo miró a su alrededor con una pizca de satisfacción, pues era evidente que su trabajo del día anterior se notaba por todas partes.

–Esto parece otra cosa –reconoció Enrique.

El relojero se quitó el abrigo y la bufanda y abrió una de las tres puertas que daban al taller. La puerta comunicaba con un cuarto pequeño y alargado, donde había un armario con varias perchas para colgar la ropa de calle y un par de sillas muy viejas. Al fondo de aquel cuarto estaba el servicio.

Entonces Hugo pensó que aún no sabía lo que había detrás de las otras dos puertas y que, si iba a trabajar allí, lo más lógico y natural era que lo supiera. Por eso, se lo preguntó directamente a Enrique.

El relojero se acercó a una de las puertas y la abrió de par en par. Encendió la luz y Hugo pudo ver una habitación pequeña, repleta de estantes, y los estantes abarrotados de cajas de todos los tamaños.

–Esto es una especie de almacén, por llamarlo de algún modo –le dijo–. Algún día habrá que limpiarlo y ordenarlo. Hay miles y miles de piezas sueltas metidas en esas cajas. Como verás, se trata más bien de una especie de cementerio de relojes. Pero todas estas piezas, aunque te parezca mentira, pueden serme de utilidad. A veces hay que reparar relojes muy antiguos para los que ya no se fabrican repuestos.

Luego, Enrique se dirigió a la otra puerta e intentó abrirla. Sonrió.

–Esta puerta está cerrada con llave. Aquí guardo algo muy importante para mí; pero no creas que es un secreto ni nada misterioso. Te lo enseñaré muy pronto.

A continuación, Enrique le explicó a Hugo qué iba a hacer su segundo día de trabajo. Se trataba de una tarea fácil, aunque un poco pesada: limpiar con un líquido y un pañito varias piezas bastante antiguas, la mayoría de acero, a las que el tiempo había quitado el lustre y había salpicado de manchones. Y cuando terminase con las piezas, tenía que lijar con mucho cuidado la pintura de una esfera grande, que estaba muy deteriorada, para poder pintarla otra vez y que quedase como nueva. Enrique le explicó que era de un reloj que pertenecía a un importante coleccionista y que, aunque pareciera un trasto antediluviano, tenía bastante valor, sobre todo para su dueño. Él, mientras tanto, trataría de reparar el reloj de péndulo del señor Morales, un vecino del barrio y cliente de toda la vida; el dichoso reloj le estaba dando más trabajo del que había imaginado, pero estaba convencido de que esa mañana no se le resistiría y por fin podría hacerlo andar y sincronizar sus campanadas.

Maestro y aprendiz se afanaron en su cometido. Casi todo el rato permanecían en silencio, aunque Enrique de vez en cuando hablaba con algún cliente que entraba en la tienda.

Poco antes de las doce, Enrique se levantó con el reloj de péndulo del señor Morales y lo colgó de una escarpia de la pared. Le dio cuerda y lo puso en hora. Luego se distanció un par de metros, como para verlo mejor. Su gesto estaba lleno de satisfacción.

–A las doce en punto comprobaremos si funciona como es debido –dijo, y se dirigió a la mesa de Hugo, donde examinó algunas de las piezas que ya estaban limpias–. Muy bien, yo no lo haría mejor.

Aunque Hugo sabía que era mentira, le agradeció sus palabras.

Enrique volvió a su mesa y permaneció allí sentado, con la vista fija en el reloj de péndulo del señor Morales. Pero, a pesar de no apartar su mirada del reloj, su mente debía de estar en otro sitio.

–¿Juegas a la lotería? –le preguntó de pronto a Hugo.

–No.

–Hoy es el día de la lotería: veintidós de diciembre. Yo tampoco juego desde que se murió mi mujer. A ella le gustaba mucho jugar y el día del sorteo se pasaba la mañana con el transistor pegado a la oreja y apuntando en un papel los números que iban saliendo. Nunca nos tocó un premio, pero… ¡esperaba con tanta ilusión este día! Desde que murió no he vuelto a comprar lotería, ni una participación siquiera, y hace ya tres años que murió.

–¿Y es verdad que…? –Hugo se dio cuenta de que sus palabras podrían incomodar a Enrique, por eso dejó la frase a medias.

–¿Qué ibas a decirme? –preguntó el relojero intrigado–. Vamos, dime lo que sea.

–Es que ayer, cuando estábamos en el bar…, le oí cómo le hablaba al camarero de una mujer que se llamaba Amalia.

–Amalia era mi mujer.

–¿Y es verdad que…, que…? –Hugo volvió a titubear–. ¿Es verdad que se le aparece?

–Son cosas de viejo –sonrió Enrique–. Pero te aseguro que se me aparece a menudo. Veo su rostro en cualquier parte: en la esfera de un reloj, en el cristal empañado de la ventana, en el fondo de una taza de café con leche... No estoy loco, sólo son cosas de viejo.

En ese momento, varios de los relojes que estaban colgados de las paredes comenzaron a dar campanadas. Eran las doce en punto. A Hugo ya había dejado de sorprenderle el hecho de que, a cada hora, todos aquellos relojes comenzasen a sonar al mismo tiempo; incluso, había algunos que marcaban también los cuartos. Enrique Ginestal aguzó sus oídos y escuchó atentamente sin dejar de observar el reloj de péndulo del señor Morales.

Cuando cesó el estruendo, Enrique no pudo evitar una sonrisa de satisfacción.

–¿Lo has oído? –le preguntó a Hugo–. Funciona perfectamente.

–¿Se refiere al reloj del señor Morales?

–Pues claro.

–Pero... ¿usted es capaz de distinguir el sonido de ese reloj en medio de todo el barullo?

–Naturalmente, el de ese reloj y los del resto. No es complicado. Dentro de poco tú también podrás hacerlo.

A Hugo le parecía increíble que, entre aquella confusión de sonidos, el relojero pudiera identificar el sonido de cada reloj.

Para celebrar el éxito de la reparación, Enrique le propuso a Hugo hacer un alto en el trabajo e ir a tomar alguna cosilla al bar de Marcelino, que era el que estaba más cerca de la relojería.

–¿Y dejaremos solo el taller? –preguntó Hugo.

–Mis clientes ya están acostumbrados. Si vienen y lo encuentran cerrado, me buscan directamente en el bar. Además, colocaremos un cartelito en la puerta para avisarles.

Por la tarde, y mientras trabajaban, hablaron de la Navidad que ya estaba encima. El ambiente navideño se mascaba por las calles y hasta se podía oler en los portales de las casas.

–Tengo una hija y un hijo –le explicó Enrique–. Mi hija se llama Susana y mi hijo, Roberto. Los dos están casados. ¡Y tengo tres nietos! Uno de Susana y dos de Roberto. Susana vive en la ciudad, aunque algo lejos de aquí, y Roberto se ha marchado a un pueblo de la sierra, a cincuenta kilómetros por lo menos. Él dice que allí el aire es muy puro y que sus hijos crecerán más sanos y robustos; pero lo cierto es que, desde que viven allí, los niños están siempre enfermos.

–Yo tengo una hermana –Hugo se creyó en la obligación de contar algo de su familia a Enrique–. Se llama Lorena y es más pequeña que yo; tiene doce años.

Luego, Enrique le explicó que cuando vivía Amalia, su esposa, sus hijos y sus nietos iban a cenar a su casa por Nochebuena y también a comer el día de Navidad. Y por la forma de decirlo –la mirada perdida y las palabras preñadas de añoranza–, Hugo dedujo que eso ya no sucedía.

–Ahora soy yo el que tengo que desplazarme –dijo al final–. Todavía no sé si iré a casa de Susana o de Roberto.

Y por primera vez, Hugo se sintió cercano a los sentimientos de Enrique Ginestal. Como cualquier persona, el relojero también conservaba un mundo lleno de afectos, penas y emociones; pero en su caso aparecía envuelto en una nube algodonosa de nostalgia. Era algo que a Hugo, con dieciséis años, le costaba comprender.

Unos minutos antes de la hora de cierre, Enrique se acercó hasta la puerta para colocar el cartel de «Cerrado». En ese momento vio a una jovencita apoyada en una farola, frente a la fachada. Su cara le resultó familiar.

–¡Eh, Hugo! –gritó al muchacho, que ya se estaba poniendo el anorak–. Date prisa, no hagas esperar a tu novia.

–Quedamos en que vendría a la salida –le explicó él–. Si le apetece, se la presento.

–Como tú quieras.

Justo en ese instante comenzó a sonar el teléfono. Enrique se dirigió hacia él y descolgó el auricular.

–¿Diga? (...) ¡Luis, qué alegría! Pues, aunque no te lo creas, pensaba darte una sorpresa. ¿No te lo imaginas? (...) Pues claro, iba a pasar a verte un día de éstos, antes de Navidad...

Hugo no sabía qué hacer, si salir a la calle o esperar a que Enrique terminara de hablar por teléfono. El relojero le hizo una seña con su brazo para que se marchara y él obedeció al instante.

En la calle se reunió con Berta, que no podía disimular un gesto de desconcierto en su rostro. Hugo leyó en sus ojos aquella inquietud y al instante quiso averiguar la causa.

–¿Qué te pasa? –le preguntó.

–Nada.

–¿Seguro?

–Sí, seguro –y como si quisiera ratificar sus palabras, ella le cogió de la mano–. Es que me parece tan raro que estés trabajando... No me hago a la idea.

–Enrique, que es el dueño del taller, me ha dicho que cuando comiencen las clases en enero, si quiero, puedo dejar el trabajo y volver al instituto.

–¿Y lo harás?

–¿Tú qué crees? –Hugo respondió con otra pregunta.

23 de diciembre

A Hugo le sorprendía la facilidad con la que se levantaba de la cama desde que estaba trabajando. Ya no sentía la pereza de días anteriores, cuando apagaba el despertador y se tapaba incluso la cabeza, como dando a entender que no quería salir del mundo cálido de las sábanas, y ni los gritos y amenazas de sus padres le hacían reaccionar.

Sin embargo, ahora tenía la sensación de haber dormido lo suficiente y, en cuanto sentía el primer zumbido del reloj, se ponía en pie de un salto. Era el primero en entrar en el cuarto de baño e incluso se permitía preparar las tazas, el tostador, las rebanadas de pan, la mantequilla, la miel… para que el resto de su familia desayunara a medida que se fuera levantando.

Cuando ya se disponía a salir a la calle, se cruzó con su padre en el pasillo. Por su aspecto, parecía que acababa de levantarse de la cama.

–¿Hoy no tienes ninguna entrevista de trabajo? –le preguntó.

–No, hoy no –respondió el padre, como un sonámbulo.

–Ya tienes el desayuno preparado en la cocina, sólo tienes que poner el pan en el tostador.

–Ah, pues… muchas gracias.

En ese momento, Hugo pensó que si se demoraba un poco más sería inevitable coincidir con su madre, como le había ocurrido el día anterior, pues ambos salían de casa prácticamente a la misma hora, y puesto que prefería no volver a hablar con ella de las mismas cosas y discutir, se marchó a toda prisa. Cuando cerraba la puerta de la calle, pudo oír la voz de su madre, que lo estaba llamando, pero prefirió hacer oídos sordos.

Como era consciente de que llegaría al taller con bastante adelanto, caminó muy despacio y dando un rodeo; se paraba incluso frente a los escaparates de algunas tiendas, fijándose en lo que allí había expuesto. Se sorprendió de no conocerlas, a pesar de que no estaban lejos de su casa y de que a menudo había pasado por delante de ellas: una tienda de muebles de pino, las oficinas de una agencia de seguros, una tienda de telas y de cortinas, una ferretería…

Llegó al taller y se sentó en el escalón de la puerta, con las manos metidas en los bolsillos del chaquetón.

–¡Demonio de crío! –escuchó de pronto; y la voz le resultaba muy familiar. Alzó la cabeza y descubrió a Enrique Ginestal acercándose por la acera y mirando su reloj–. Como pensaba que hoy también llegarías antes de la hora, he venido más pronto, para que no esperases en la calle; pero… ¿se puede saber cuánto tiempo llevas aquí?

–Acabo de llegar.

–Tendré que darte una llave; de lo contrario, algún día te encontraré convertido en un témpano de hielo.

Entraron en el taller y comenzaron a hacer esas cosas que Enrique Ginestal llevaba haciendo toda su vida, con puntualidad y rutina, y también hasta con cariño: encender las luces, conectar la calefacción, quitarse la ropa de abrigo, arrancar la hoja del calendario, encender un pequeño aparato de radio que les amenizaba las horas de trabajo...

Era evidente que aquellos pequeños detalles formaban parte de la tarea a la que se había entregado desde que era casi un adolescente con dignidad y tesón, incluso con un gozo que se transmitía en su mirada. Y esos relojes, que formaban parte de su trabajo, constituían también parte de su vida.

Mientras Hugo lo observaba, no podía evitar hacerse una pregunta, que al mismo tiempo era una reflexión: él era un joven de dieciséis años que no quería estudiar y que, en cierto modo, había buscado aquel trabajo como una válvula de escape, pero... ¿estaría dispuesto a hacer lo que había hecho Enrique Ginestal durante toda su vida? Casi todos los trabajos implicaban un horario, un orden, una rutina... ¿Podía una persona llegar a coger cariño a esa rutina? Sin duda, sólo podría conseguirlo quien disfrutase con su tarea.

–¿A usted le gusta su oficio? –preguntó de pronto Hugo.

–Mucho –respondió con seguridad Enrique–. No lo cambiaría por ningún otro.

Hugo sonrió abiertamente.

A media mañana entró en la tienda una mujer de unos treinta y cinco años, acompañada de un niño de unos ocho. Nada más verla, el rostro de Enrique cambió de expresión y se inundó con un gesto de felicidad. Saltó de la silla y corrió hacia los recién llegados.

–¡Susana! ¡Carlitos! –exclamó.

Después de besarlos y de manifestarles que su visita había sido una sorpresa muy agradable, reparó en Hugo y procedió a las presentaciones:

–Susana es mi hija y Carlos, mi nieto. Hugo es mi nuevo aprendiz; comenzó anteayer a trabajar.

Hugo hizo amago de levantarse de la silla e ir a saludarlos, pero Susana había cogido a su padre por un brazo y, como si tuviera prisa por decirle algo, se lo había llevado hacia un extremo de la habitación. Por eso, un poco confundido, permaneció en su sitio, observando al niño, que se había quedado solo en medio del taller y que, de reojo, también lo estaba mirando a él.

–Hola –le dijo en voz baja.

–Hola –le respondió el niño en el mismo tono.

A pesar de que padre e hija se habían retirado un poco, Hugo pudo oír perfectamente su conversación. Y se fijó también en un detalle: el rostro del relojero poco a poco iba perdiendo esa expresión de felicidad, como un brillo que se apaga cuando deja de recibir luz.

–Pero... ¡no decías que no ibas a volver a coger más empleados!

–Es sólo un muchacho, un aprendiz.

–Desde luego, no hay quien te entienda, papá. Hace unas semanas estabas diciendo que ibas a cerrar la tienda y a jubilarte.

–Pero lo he pensado mejor. Si me jubilo, ¿qué haré?

–¡Pues nada! ¡Qué vas a hacer! ¡Vivir!

–Mi vida es esto.

Hugo fingía trabajar, pero en realidad escuchaba la conversación de Enrique y su hija y, al mismo tiempo, no quitaba la vista de Carlitos, que se había quedado mirando atentamente un reloj de cuco que había colgado de la pared, como esperando que el pajarito saliera de un momento a otro.

–Está estropeado –le dijo también en voz baja.

Pero Carlitos, o no lo oyó o prefirió no oírlo, pues ni se inmutó y continuó mirando fijamente el reloj.

–Hablando de otra cosa –continuó Susana–, vamos a pasar la Nochebuena y la Navidad fuera de casa. Te lo digo porque, como supondrás, no podremos estar juntos.

–¿Os vais de viaje? –preguntó Enrique un poco desconcertado.

–En realidad sólo vamos a un pueblo de Guadalajara, donde el jefe de Gustavo tiene un chalet. Es que viene uno de los directores americanos de la compañía y, claro, el jefe de Gustavo quiere hacerle todos los honores. Y, fíjate, ha tenido la deferencia de invitarnos también a nosotros. Bueno, ya sabrás que a Gustavo lo ascendieron hace poco y tiene un puesto de mucha responsabilidad. Y, claro, no ha podido negarse. Además, a él le interesa muchísimo relacionarse con los directores americanos, pues eso le puede abrir algunas puertas y...

–Ya, ya... –Enrique atendía las explicaciones de su hija, asintiendo mecánicamente con la cabeza.

–Espero que lo entiendas, papá.

–Claro que lo entiendo –reaccionó el relojero–. No tienes que darme explicaciones. Me he acostumbrado a vivir solo y, al fin y al cabo, el día de Navidad es un día como otro cualquiera.

–No digas eso.

–Espero que lo paséis muy bien en Guadalajara y que Gustavo pueda hacer la pelota a los directores americanos de su empresa.

–¡Papá!

Enrique reparó entonces en su nieto, que seguía mirando obstinadamente el reloj de cuco colgado de la pared. Se dirigió hacia él y se agachó a su lado. Le pasó uno de sus brazos por encima del hombro y con la mano que le quedaba libre señaló directamente al reloj.

–¿Qué te parece? –le preguntó.

–Bien –el niño se encogió de hombros.

–Cuando da las horas, se abre esa puerta y sale un pajarito.

–¿Y no podría salir ahora?

–No; además, el reloj está estropeado. Lo han traído aquí para que lo arregle. Pero… ¡se me está ocurriendo una idea!

Enrique se incorporó y se dirigió a toda prisa a su mesa de trabajo, abrió uno de los cajones y extrajo unas llaves. Con ellas en la mano se dirigió a la tercera puerta que daba al taller, la que Hugo aún no había podido ver abierta. Introdujo la llave en la cerradura y la giró con decisión. Antes de abrir la puerta le hizo un gesto a su nieto para que se acercara y, luego, volviendo la cabeza hacia Hugo, le dijo:

–Tú también puedes venir.

Hugo, que se había preguntado ya varias veces qué habría detrás de aquella puerta, se levantó al instante, pues dedujo que su curiosidad se iba a ver satisfecha enseguida.

Antes de entrar oyeron la voz de Susana, que se había sentado en una vieja butaca y había encendido un cigarrillo.

–No tenemos mucho tiempo, papá. Hemos de hacer unas compras antes de mediodía.

Pero Enrique Ginestal no respondió, como si no hubiera oído o no hubiera querido oír las palabras de su hija. Abrió la puerta muy despacio, con cierta solemnidad, y encendió la luz. Luego, con un gesto de sus manos invitó a su nieto y a Hugo a entrar. Cuando los tres se encontraban en el interior, volvió a cerrar la puerta.

–¿Qué os parece? –les preguntó, y en sus palabras, y hasta en el tono mismo de su pregunta, se encerraba una gran dosis de satisfacción y una pizca de orgullo.

Las cuatro paredes de aquella habitación estaban llenas de relojes, tan apretados que apenas dejaban un hueco libre. Había relojes de muchas clases y, en apariencia, todos muy antiguos. Enrique Ginestal se colocó en el centro de la habitación y abrió sus brazos; luego, dio una vuelta completa, como una peonza.

–Ésta es mi colección de relojes –dijo–. He tardado toda la vida en hacerla. Todos los relojes que aquí veis fueron en algún momento chatarra, objetos sin valor de los que sus dueños se habían desprendido. Pero cayeron en mis manos y, con mucha paciencia, fui reconstruyéndolos poco a poco; a veces, tuve que fabricar yo mismo algunas piezas y algunos mecanismos. Ahora, aunque los veáis parados, todos funcionan perfectamente. No lo digo por presumir, pero os aseguro que hay relojes extraordinarios aquí. Bueno, ¿no vais a decir nada?

–Es... es... –Hugo, con la boca abierta, miraba a un lado y a otro–. Es... alucinante.

Enrique se agachó junto a su nieto y en voz baja, como si quisiera compartir con él un secreto, le dijo:

–Todos estos relojes funcionan, Carlitos. ¿Sabes lo que podríamos hacer? Si quieres, podríamos dar cuerda a todos los relojes y ponerlos en hora. Faltan pocos minutos para las doce. ¿Te imaginas lo que pasaría a las doce en punto? ¡Todos los relojes comenzarían a sonar al mismo tiempo! ¡Menudo estruendo! Nunca lo he hecho hasta ahora, pero si tú quieres...

Carlitos se arremangó un poco el jersey y le mostró a su abuelo un estrafalario reloj de pulsera, de plástico, con muñecos de dibujos animados; era tan grande que parecía un adoquín adosado al brazo menudo del niño.

–A mí me gustan los relojes como éste, con dibujos de los que salen en la tele –dijo Carlitos–. Tiene luz, cronómetro, despertador, calculadora y brújula.

–Pero... ¿no te gustaría oír todas las campanadas de estos relojes a la vez? Sería algo impresionante que nunca podríamos olvidar, ni tú ni yo, ni tampoco Hugo.

Carlitos se volvió hacia la puerta.

–¿Cuándo nos vamos? –fue su respuesta.

El abuelo abrió la puerta y el nieto salió al instante en busca de su madre.

Hugo abandonó aquella habitación que encerraba entre sus paredes, sin duda, mucho más que una extraordinaria colección de relojes. Al pasar junto al relojero volvió ligeramente la cabeza y lo miró un instante, lo suficiente para percibir que todo su cuerpo se estremecía de pies a cabeza. Había visto ya muchas veces el rostro de Enrique Ginestal, el hombre con el que llevaba tres días trabajando, y, sin embargo, sintió un escalofrío al descubrir el auténtico semblante de aquel hombre; tuvo la sensación de que por primera vez exploraba aquel contorno, el perfil de un rostro que de pronto le pareció transparente, como de cristal, y que le habló de sentimientos muy profundos, de dudas estremecedoras, de decepciones, de penas inconsolables...

Cerró la puerta de la habitación y se dirigió hacia su mesa para guardar la llave en el cajón. Susana subía la cremallera del chaquetón de Carlitos.

–Abrígate, que hace mucho frío.

–¿Me vas a comprar unas deportivas nuevas, mamá?

–Ya te he dicho que no.

–Las que tengo están muy viejas.

–Vamos a cenar con unas personas muy importantes, y tú jugarás con sus hijos. Cuando uno va a cenar con gente importante, no puede ir con deportivas.

Enrique los acompañó hasta la puerta de la calle. Besó primero a su nieto y luego a su hija.

–Te llamaré después de las fiestas –dijo ella.

–No te preocupes por mí. Seguramente llamará Roberto. Comeré con ellos; si les viene mal venir a casa, me acercaré yo hasta la sierra.

Susana y Carlitos se marcharon y Enrique se dirigió a su mesa. Hugo lo miraba de reojo y tenía la sensación de que andaba con más dificultad, como si a la suela de sus zapatos se hubiera adherido una plancha de acero. Permanecieron durante un buen rato en silencio, hasta que el relojero alzó la mirada y la dirigió a la puerta de la habitación donde guardaba su colección de relojes.

–¿Te gustaría a ti que un día diésemos cuerda a esos relojes y los pusiéramos en hora para que comenzasen a sonar todas las campanadas al mismo tiempo?

–Sí –respondió Hugo con seguridad.

–Un día lo haremos.

Por la tarde llamó por teléfono Roberto, el hijo de Enrique Ginestal. Hugo, como es natural, sólo oía las palabras del relojero; pero no tenía ninguna dificultad en imaginarse lo que Roberto estaba diciendo al otro lado de la línea.

–¿Qué tal, papá?

–Hola, hijo.

–Te llamaba porque habíamos pensado que el día de Navidad podríamos comer juntos, como hemos hecho otros años.

–Susana no estará, pero podemos reunirnos sin ella.

–Sería estupendo, claro. Además, los niños están deseando ir a la ciudad para ver las luces y los adornos; pero…

–¿Ocurre algo?

–Pues ocurre que los niños han cogido una gripe tremenda. Se pasan el día estornudando y anoche, incluso, tenían algo de fiebre. Como comprenderás, en ese estado no vamos a sacarlos de casa.

–Claro, claro… Es que los aires de la sierra son muy sanos, pero resfrían que da gusto.

–Nos quedaremos aquí.

–Puedo acercarme yo hasta la sierra y comemos en vuestra casa.

–Ni se te ocurra, papá. Si vienes aquí, seguro que te contagian la gripe. Y no puedes imaginarte lo mala que viene este invierno: fiebre alta, trastornos digestivos, dolor de cabeza… Será mejor que te quedes en casa, bien calentito. Además, dicen que va a empeorar el tiempo y ya sabes lo mal que se pone la carretera: ayer, sin ir más lejos, tuve que poner las cadenas al coche.

–Bueno… –Enrique se encogió elocuentemente de hombros–. Que paséis una feliz Navidad.

–Gracias, papá, lo mismo te deseo.

–Aunque será mejor que en vez de turrón os toméis un puñado de aspirinas.

–No te lo tomes a broma.

–Hablo en serio, hijo.

–Ya nos reuniremos todos otro día.

–Sí, sí. Da un beso a los niños. O mejor no se lo des, no vaya a ser que te contagien a ti también la gripe.

Enrique Ginestal colgó el auricular del teléfono. Luego, se dirigió hacia su mesa con intención de sentarse y continuar con el trabajo. Pero sus piernas no querían obedecerle y le hicieron deambular de un lado a otro de la estancia, como si estuviera desorientado y no fuera capaz de encontrar el camino correcto. De vez en cuando se paraba y se quedaba mirando algún objeto con gran interés, como si el propio objeto le hablara o le estuviera mostrando sus entrañas misteriosas.

Se detuvo finalmente junto a la puerta acristalada de la calle y se quedó mirando el vaho que empañaba ligeramente el cristal. A Hugo le pareció que estaba hablando en voz baja y, sin hacer ruido, se levantó de su silla y se acercó muy despacio hasta que llegó a su altura. Entonces lo observó con detenimiento: hablaba al cristal empañado, a las formas caprichosas que el vaho había dejado en el cristal.

–¿La está viendo ahora? –se atrevió a preguntar Hugo.

Enrique Ginestal afirmó con un gesto de su cabeza.

–La estoy viendo y estoy hablando con ella.

–¿Y qué le dice?

–Sólo puedo decirle una cosa: Amalia, ¡me siento tan solo sin ti!

–Y ella... ¿le contesta?

–Naturalmente. No habla, pero me contesta con su sonrisa y con su mirada.

Trabajaron el resto de la tarde en silencio y, aunque cada uno se afanaba en su tarea, ninguno consiguió controlar sus propios pensamientos. Sus mentes, desbocadas, saltaban de una idea a otra idea. Cada uno, a su manera, trataba de explicarse lo que estaba sucediendo: el uno, desde dentro; el otro, desde fuera, como observador atónito.

A la hora de cerrar, cuando se despedían en la acera, frente al taller, Enrique le dijo a Hugo:

–Mañana es Nochebuena. Abriré el taller sólo por la mañana, pero no hace falta que vengas. Quédate en la cama, si te apetece.

–Vendré –le respondió con tanta seguridad el muchacho, que el relojero se limitó a encogerse de hombros.

24 de diciembre

CUANDO Hugo llegó a la puerta del taller por la mañana temprano, se detuvo en seco y miró con incredulidad. El cierre de metal ya había sido abierto y un cartel colgaba por la parte interior del cristal de la puerta:

VUELVO ENSEGUIDA
ESTOY TOMANDO CAFÉ

Intentó abrir, pero la puerta estaba cerrada con llave; por consiguiente, se dirigió al bar. Y allí, sentado sobre un taburete y acodado sobre la barra, Enrique Ginestal charlaba con Marcelino, el camarero. Éste, nada más verlo entrar, avisó al relojero.

–Ahí viene tu ayudante.

Enrique se volvió ligeramente y le hizo señas para que se acercase.

–Hoy no me has adelantado –le dijo–. Acércate y toma algo.

–He desayunado en casa.

Enrique le señaló un plato con varios churros.

–Los churros me encantan, pero me sientan mal. Anda, cómete al menos dos. Hazlo por mí. Si me tomo todos, se me indigestarán.

Marcelino atendía a otros clientes que estaban también en el bar, pero siempre encontraba un hueco para decirles alguna cosa.

–¿Te gusta el trabajo, chaval? –le preguntó en una ocasión a Hugo.

–Sí.

–¿Cómo puedes decir que te gusta? –intervino Enrique–. Si hasta ahora sólo has barrido el taller y has quitado la herrumbre a algunas piezas. Esos cometidos no pueden gustarle a nadie. Pero ya verás cuando te enseñe los secretos de las maquinarias de los relojes antiguos, cuando tú mismo entiendas su funcionamiento y puedas arreglarlos.

–¿Quieres que te diga una cosa? –intervino de nuevo el camarero–. Ese trabajo tiene poco futuro. Lo he hablado muchas veces con Enrique. Hoy, los relojes son de usar y tirar, como tantas otras cosas.

Hugo miró a Marcelino con sorpresa, pues no esperaba semejantes palabras.

–Tiene razón, aunque sólo en parte –matizó Enrique–. Están desapareciendo muchos talleres pequeños, como el mío. Pero mientras existan relojes, existirán también relojeros.

Hugo se sentía desconcertado y no sabía qué decir; no obstante, pensaba que tenía que ser muy duro para una persona comprobar que el trabajo al que había dedicado toda su vida se extinguía sin remedio.

Volvieron al taller, pero, justo frente a la puerta, Enrique se detuvo, como indeciso.

–No, decididamente no –dijo el relojero–. Hoy no abriremos el taller. El otro día recibí una llamada de mi buen amigo Luis Naredo y le prometí que iría a verlo. ¿Para qué esperar más?

–Si quiere, yo puedo quedarme en el taller –le dijo Hugo–. Continuaré con mi trabajo y, si viene algún cliente, lo atenderé.

–Es muy amable tu ofrecimiento, pero prefiero que los dos nos tomemos el día libre. Nos lo merecemos. Puedes irte a tu casa o a donde te apetezca. Y si prefieres acompañarme a ver a Luis, estaré encantado. Tal vez te guste el negocio de mi amigo. Es anticuario y tiene una preciosa tienda de antigüedades. Algunos de los relojes de mi colección los he sacado precisamente de allí. ¿Te gustan las antigüedades?

–No sé si me gustan o no.

Al pronunciar estas palabras, Hugo se sintió mal y se repitió mentalmente una y otra vez la frase que acababa de decir: «No sé si me gustan o no.» Aquella frase parecía su lema de vida durante los últimos tiempos. No sabía lo que le gustaba y, por tanto, tampoco podía delimitar perfectamente lo que no le gustaba. No sabía nada, ni siquiera qué hacer con su vida, hacia dónde encaminarla... No deseaba seguir estudiando, pero... ¿qué quería en realidad? ¿Ser relojero? ¿Ser anticuario? ¿Ser vagabundo, como le había dicho a su madre? Además, ¿estaba realmente seguro de que no quería seguir estudiando?

Quitaron el cartel de la puerta y pusieron otro en el que podía leerse:

CERRADO POR FIESTA FAMILIAR

–¿Qué decides? –le preguntó entonces Enrique.

–Iré con usted.

–De acuerdo, pero si te cansas o te aburres, te marchas sin problema. No te sientas obligado a acompañarme.

Muy cerca de allí cogieron un autobús, que los llevó hasta la plaza de Neptuno. Frente al Museo del Prado, en una calle perpendicular al paseo, estrecha y zigzagueante, que ascendía con suavidad hacia el barrio de los Literatos, estaba la tienda de antigüedades de Luis Naredo.

–A lo mejor su amigo también ha decidido cerrar –comentó Hugo.

–No creo; pero, en cualquier caso, él tiene su vivienda dentro de la propia tienda. No sale apenas de allí.

Cuando llegaron, Enrique empujó una vieja y desvencijada puerta de madera, que se abrió al instante. Penetraron en el interior del local, que estaba atestado de objetos, a veces colocados unos sobre otros, y miraron en todas las direcciones. No se veía a nadie.

–¿Puede saberse dónde andas metido? –preguntó Enrique alzando la voz.

Al otro lado del local asomó la cabeza de Luis Naredo por encima de un impresionante bargueño.

–¿Por qué gritas así? –le reprochó–. El oído es una de las pocas cosas de mi anatomía que conservo intacta. He perdido vista, me duelen las piernas al andar, sufro mareos, padezco del estómago, me cuesta trabajo orinar… Pero el oído, perfecto.

Enrique se había acercado hasta Luis sonriendo y, con gran efusión, se abrazó a él. Los dos amigos se palmotearon la espalda con fuerza. Luego, el anticuario se quedó mirando a Hugo.

–¿No vas a presentarme a tu acompañante? –preguntó a Enrique.

–Se llama Hugo y es... mi nuevo aprendiz.

–¡Has vuelto a las andadas, viejo relojero! –gritó Luis, como si algo le hubiera causado gran alegría–. Así me gusta, que no tires la toalla. La última vez que hablamos me aseguraste que no volverías a tener más empleados y que pronto cerrarías el taller, pero veo que has cambiado de opinión. Y, si te digo la verdad, me alegro.

Luis se acercó a Hugo y le estrechó la mano con fuerza.

–Encantado –dijo el muchacho algo turbado.

–Estás en tu casa. Haz lo que quieras, aunque no sé si este lugar será el sitio más indicado para un joven como tú.

–Ha venido por decisión propia –le explicó Enrique–. Yo le dije que, si lo prefería, podía marcharse a su casa; pero, ya ves, ha querido acompañarme.

Pasaron la mañana juntos, en animada charla, sólo interrumpida por dos o tres curiosos que entraron para fisgonear un rato por la tienda.

Luis Naredo había cumplido ya sesenta y ocho años, pero no tenía intención de jubilarse y abandonar su tienda de antigüedades, que era, al mismo tiempo, su pasión y su vida. Él nunca se había casado ni tenido hijos y sus herederos, dos sobrinos, querían apartarlo a toda costa de en medio con la intención de hacerse cargo del negocio, que ya consideraban suyo.

–No tendrán que esperar mucho, Enrique –se quejaba amargamente.

–No digas eso. Siempre has tenido una salud de hierro.

–Eso era antes del infarto. Ahora ya no soy el que era.

Luis Naredo había sufrido un infarto de miocardio un año antes y, aunque se había recuperado totalmente, su carácter había cambiado; se había vuelto más retraído y pesimista y muy a menudo se dejaba arrastrar hacia el pozo negro de la depresión.

–¿Y qué tiene de malo que tus sobrinos se hagan cargo del negocio? –trataba de animarlo Enrique–. Ellos son jóvenes y le darán nuevos aires.

–Te equivocas –replicaba Luis–. Conozco muy bien a mis sobrinos. Ellos sólo piensan en una cosa: el dinero. ¡Dinero! ¡Maldita palabra! Venderán todo lo que hay en la tienda y, cuando no quede nada, venderán el local. Venderán también los cuadros que tengo en la caja fuerte del banco. Sabes que tengo algunos cuadros de valor: dos dibujos de Alberto Durero, un carboncillo de Goya y varios cuadros del siglo XVIII. ¡Una verdadera fortuna! Y lo malo es que mis sobrinos lo saben. Claro, que a lo mejor un día decido darles una sorpresa y me acerco al notario para cambiar el testamento. Podría donar mis cuadros a un museo.

Mientras husmeaba por la tienda de antigüedades, Hugo no perdía detalle de la conversación y pensaba que aquellos dos hombres tenían que ser necesariamente amigos, ya que había muchos puntos en común entre ellos. Además de contar con una edad parecida, eran dos personas solitarias enamoradas de sus respectivos trabajos, que, además, tenían un sabor antiguo, como de otro tiempo; incluso, su humor era parecido, lleno de altibajos, que les hacía pasar con facilidad de la alegría a la tristeza.

Los pensamientos de Hugo fueron interrumpidos por una voz. Era Luis Naredo que lo estaba llamando.

–¡Eh, muchacho! ¿Dónde te has metido?

–Estoy aquí –Hugo asomó la cabeza por detrás de un perchero enorme, de estilo castellano, con un espejo incrustado bastante roñoso, una repisa para colocar sombreros y unos aros para bastones y paraguas.

–¿Te gusta ese trasto?

–Es… un poco grande.

–¿Un poco? –rió de buena gana el anticuario–. No cabría en ninguna casa de las que se construyen ahora. Claro que… la gente ya no usa sombrero ni bastón y, además, hace años que se inventaron los armarios empotrados. Pero dejémonos de charla y vamos a tomarnos un aperitivo.

Sobre una mesa habían colocado una bandeja grande, con algunas bebidas y unos platitos con aceitunas, patatas fritas y frutos secos. Se sentaron en un banco que, según Luis Naredo, era del siglo XVII.

–¿Te aburres? –le preguntó Enrique a Hugo.

–No.

–Recuerda que puedes marcharte cuando te apetezca. No te sientas obligado a estar aquí acompañándome.

Al principio, la charla giró en torno a Hugo. Luis le preguntó algunas cosas sobre lo que estaba estudiando y por qué motivo quería dejarlo; pero, poco a poco, los dos hombres fueron llevando la conversación a su terreno, es decir, a los temas que más les preocupaban, olvidándose incluso de la presencia del muchacho. Hugo bebía un refresco y escuchaba con interés sus comentarios, que a veces le parecían hasta filosóficos.

–Hay gente que afirma que con la vejez se atrofian los sentidos.

–Será algo biológico. Los años no perdonan.

–¡Ni biológico ni gaitas! –pareció irritarse Luis–. Yo no estoy de acuerdo. Pienso todo lo contrario: con la edad se agudizan nuestros sentidos y percibimos las cosas con mayor claridad. Yo estoy más lúcido ahora que cuando tenía treinta años, te lo aseguro. Lo malo es que lo que descubro me hace temblar de espanto de pies a cabeza: soy un anciano que vive en una sociedad que desprecia todo lo que sea viejo. Triste sino el mío, y el tuyo también, querido relojero.

–En otras partes del planeta no es así –razonó Enrique–. Hay culturas que valoran la sabiduría y experiencia del anciano.

–No hemos tenido la fortuna de nacer allí.

–Tendremos que resignarnos.

–¡Yo no pienso resignarme! –dijo Luis de manera rotunda–. ¡Yo no pienso quedarme de brazos cruzados!

Enrique se le quedó mirando durante unos instantes y, como vio que no añadía nada que pudiera dar mayor sentido a sus últimas palabras, se levantó del banco, llevándose las manos a los riñones.

–Este banco será del siglo XVII, pero hacía años que no me sentaba en un sitio tan incómodo. ¿Estás seguro de que no fue utilizado por la Inquisición para martirizar a sus reos?

–¡No exageres! Reconozco que no es confortable, pero de eso a un potro de tortura media un abismo.

Mientras Luis retiraba la bandeja del aperitivo, Enrique le hizo una señal a Hugo para que lo siguiera.

–Te enseñaré mi rincón favorito.

Atravesaron el local y llegaron a una zona en la que había varios relojes, todos muy viejos y estropeados, algunos apoyados sobre una enorme cómoda y otros colgados directamente en la pared. Enrique estuvo curioseando durante unos segundos las piezas, pero ninguna pareció llamar su atención. Después se le ocurrió abrir el primer cajón de aquella cómoda y lo que descubrió en su interior le dejó vivamente sorprendido. Había un reloj de pared, con la esfera redonda insertada en una caja de madera hexagonal. Iba a sacarlo del cajón, pero el anticuario, que había acudido presto al lugar donde se hallaban, se lo impidió de manera contundente.

–¡Déjalo, no tiene ningún valor!

–Sólo iba a echarle un vistazo –se quejó Enrique, sorprendido por la reacción de Luis.

–Te aseguro que no merece la pena.

Luis Naredo cerró el cajón, cogió por el brazo a Enrique y lo apartó de la cómoda casi a tirones.

–No puedo entender tu forma de actuar –se lamentaba Enrique.

–Aunque no soy un experto en relojes como tú –Luis trataba de encontrar una explicación razonable–, tendrás que reconocer que, con los años, algo he aprendido. Y si te digo que se trata de una pieza sin valor, no te miento.

–No lo pongo en duda, pero no comprendo por qué...

Luis, casi a la fuerza, arrastró a Enrique hacia un par de butacas de estilo isabelino. Lo empujó incluso suavemente para que se sentara. Enrique no tuvo más remedio que acomodarse en una de ellas, mientras el anticuario lo hacía en la otra. Eran muy cómodas, con apoyabrazos, patas retorcidas y respaldos altos.

–Ahora dime la verdad, ¿por qué no me dejas echar un vistazo a ese reloj? –insistió el relojero.

–Pues... –titubeó el anticuario–. Me harías muchas preguntas, y no me gustaría tener que responderlas.

Enrique dibujó en su rostro un gesto de extrañeza.

–No te entiendo.

Luis Naredo miró unos instantes hacia el techo y luego, con un gesto muy circunspecto, clavó su mirada en los ojos de su amigo.

–Te diré la verdad: sobre ese reloj pesa una terrible maldición.

Enrique hizo un esfuerzo para controlar la risa.

–¿Una maldición? No me digas que la vejez te ha trastornado el juicio.

–Hablo en serio.

–Bueno, ¿y de qué maldición se trata?

–Pues… pues… –a Luis parecía costarle mucho trabajo encontrar las palabras adecuadas–. Quien posea el reloj… morirá súbitamente.

En esta ocasión, Enrique no pudo contener una estruendosa carcajada. Luego negó con la cabeza y miró a su amigo de arriba abajo, como si estuviera inspeccionándolo.

–¿Estás bien? –le preguntó al fin.

–¡Pues claro que sí! ¿Acaso piensas que me he vuelto loco?

–No sé, no sé…

Luego, Luis cambió de tono, bajó la vista y, mirándose las manos entrelazadas, dijo:

–Te has adelantado. Ese reloj debe conducirme a un encuentro. Después, tú tendrás que entrar en juego. Pero te has adelantado.

–No entiendo nada.

–Mañana por la tarde te lo contaré todo, pero, por favor, no me pidas ahora más explicaciones.

Luis se levantó de la butaca isabelina, miró a Hugo y le guiñó un ojo.

–¡Eh, muchacho! ¿Tú también piensas, como tu jefe, que me he vuelto loco?

–No, qué va.

Y Hugo pensó en ese instante que ya no pintaba nada en aquel sitio. Había visto el lugar y había escuchado un buen rato a aquellos dos hombres: sus conversaciones serias y hasta sus bromas disparatadas, como la de la maldición del reloj. Y no es que le aburriese su charla, ya que, por extraño que pudiera parecer, a veces se identificaba mucho con lo que decían Enrique y Luis. Curiosamente, ellos también se sentían fuera de la sociedad, como él, y eso le hacía reflexionar sobre muchas cosas.

–Yo..., si no les importa, creo que me voy a marchar –les dijo.

–Ya me extrañaba a mí que aguantases tanto tiempo con dos viejos como nosotros –le dijo Luis.

Enrique buscó su cartera por los bolsillos de su chaqueta y, cuando la encontró, sacó un billete de diez mil.

–Toma –se lo tendió a Hugo.

–No, no –lo rechazó el muchacho.

–Oye, que no te estoy dando el aguinaldo. Se trata de un anticipo de tu sueldo por los días que has trabajado. He pensado que para estas fiestas te hará falta un poco de dinero.

Hugo cogió el billete y no pudo evitar una sensación muy extraña. Era el primer dinero que había ganado en su vida. Se quedó mirándolo y luego, después de doblarlo, se lo guardó en un bolsillo del pantalón.

–Gracias.

–Y que pases feliz Navidad –añadió Enrique.

–Igualmente –se apresuró a decir Hugo.

Hugo descendió por la calle estrecha hasta el paseo del Prado. Varias ideas se cruzaban atropelladamente por su cerebro, hasta que una de ellas cobró más consistencia que las demás. Justo frente al Museo del Prado entró en una cabina de teléfono y marcó el número de Berta.

–Se me ha ocurrido una idea –le dijo nada más oír su voz.

–¿Qué idea? –preguntó la muchacha un tanto confusa.

–Te invito a comer.

–Pero... ¿qué dices?

–Oye, esta noche es Nochebuena y mañana Navidad, si quieres te canto el villancico. ¿Sabes lo que eso significa? Pues que tú estarás en tu casa con tu familia y yo con la mía. No podremos vernos hasta el domingo. Vamos, te invito a comer. Tengo dinero. He cobrado un anticipo.

–¿Tú se lo has pedido?

–No, me lo ha dado sin pedírselo, e incluso insistió para que lo cogiera. Oye, ¿no vas a celebrar conmigo mi primer sueldo?

–Me gustaría, pero...

–Te espero dentro de media hora en el Burger de la Gran Vía. Nos pondremos ciegos a hamburguesas y patatas. ¿O prefieres ir a otro sitio?

–No, no. El Burger está bien.

25 de diciembre

CAMINO de casa de los abuelos, en el coche, la madre se volvió a Hugo y le dijo:

–Espero que no dirás a nadie que has empezado a trabajar.

A Hugo le sorprendió el comentario de su madre y, un poco desconcertado, se limitó a encogerse de hombros. Pero entonces fue su padre quien terció en el tema.

–¿Y por qué no? –preguntó.

–Porque esto no puede ir en serio, porque se trata sólo de una chiquillada. Estoy segura de que, cuando se acaben las vacaciones de Navidad, Hugo volverá al instituto.

–Él verá lo que hace, ya es mayorcito.

–¿Cómo que ya es mayorcito? ¡Sólo tiene dieciséis años!

–Yo, a los dieciséis años…

–No empieces a contarnos otra vez lo que hiciste a los dieciséis años, porque te has arrepentido toda tu vida.

–Si quiere estudiar, que estudie –continuó su razonamiento el padre–. En ese caso, yo seré el primero en apoyarle y en darle todo lo que le haga falta. Pero si no quiere estudiar… ¿qué quieres que hagamos?, ¿ponerle una pistola en el pecho? Prefiero mil veces que trabaje a que ande por ahí haciendo el vago.

–¿Vago? ¿Cómo puedes llamarle vago, si al día siguiente de dejar los estudios ya estaba trabajando? –ahora era la madre la que parecía querer defender a su hijo.

–Lo que quiero decir es…, lo que quiero decir es… –el padre no encontraba el colofón adecuado a sus razonamientos.

Y a la hora de la comida, tumultuosa y embarullada, entre las conversaciones anodinas de los mayores y el alboroto de los más pequeños, el padre de Hugo, contraviniendo los deseos de su esposa, lo dijo:

–Pues… Hugo ha empezado a trabajar. No quería seguir estudiando y yo, bien claro se lo había dicho: si no quieres estudiar…, ya sabes lo que tienes que hacer.

La abuela se llevó las manos a la cabeza y el abuelo se quedó mirando fijamente a su nieto, negando obstinadamente, como si no pudiera dar crédito a lo que acababa de oír.

–Bien mirado… –intervino uno de sus tíos–, Hugo ya es un hombre.

Lorena, que quería defender a toda costa a su hermano, aprovechó el comentario del tío para apoyar eso de que Hugo ya era un hombre, es decir, una persona mayor.

–Además, tiene novia. Se llama Berta y es guapísima.

En esta ocasión, los gritos de aceptación fueron casi unánimes. Sin duda, estaba mejor visto en un muchacho de dieciséis años echarse novia que ponerse a trabajar.

A Hugo no le hizo ninguna gracia el comentario de Lorena y trató de fulminarla con la mirada. Ella, que captó perfectamente el disgusto de su hermano, intentó pedirle perdón con un gesto.

–Si ya trabaja y tiene novia, pronto iremos de boda –dijo otro de los tíos entre risotadas, que fueron secundadas por algunos.

Pero se mantenían tantas conversaciones a la vez, la mayoría cruzadas, que era prácticamente imposible seguir durante mucho tiempo cualquiera de ellas.

Cuando la abuela trajo una gran fuente con el asado y la depositó en el centro de la mesa grande, le dio una palmadita a Hugo en el hombro. El muchacho se volvió y le dijo:

–Tiene muy buena pinta.

–Tú sí que estás hecho un buen pinta –le respondió la abuela en tono de reproche.

–Pero, abuela... –replicó Hugo–, todo el mundo se plantea en algún momento de su vida que le ha llegado la hora de ponerse a trabajar.

–¡Pero no a los dieciséis años! ¡Eres un mocoso todavía!

Aquel día, Hugo tuvo que soportar comentarios de todo tipo, la mayoría en tono de reproche. Parecía como si su madre hubiera aleccionado a todos sus tíos y tías para que le afeasen su decisión y trataran de convencerlo de que volviera a los estudios.

Entre sus primos, algunos más o menos de su edad, su decisión había suscitado otro tipo de reacciones y de curiosidades.

–¿Y ganas mucho dinero?

–No lo sé. Sólo llevo tres días trabajando.

–¿Y no has hablado del sueldo que te van a pagar?

–No. Aunque ya me han dado un anticipo.

–¿Sí? ¿Y de cuánto?

–Diez mil.

–¡Diez mil! ¿Y te gusta el trabajo?

–Todavía soy un aprendiz. Creo que me gustará más cuando aprenda a arreglar relojes y sepa distinguir sus sonidos.

–¿Y todos los relojes son antiguos?

–La mayoría. Enrique, mi jefe, dice que los de ahora son de usar y tirar; pero que los antiguos son otra cosa. Tiene una habitación llena de relojes, las cuatro paredes, desde el suelo hasta el techo. Me ha dicho que un día daremos cuerda a todos y los pondremos en hora para que den las campanadas a la vez.

–¿Y para qué quiere que suenen todos al mismo tiempo?

–Pero... ¿no os lo imagináis? ¡Bah! Sois igual de tontos que su nieto Carlitos.

–Pues yo no lo entiendo –confesó uno de los primos encogiéndose de hombros.

–Imaginad cientos de relojes dando la hora al mismo tiempo. ¡Cientos de relojes sonando a la vez! Y todos ellos diferentes entre sí, porque el sonido de cada uno es diferente.

–¿Y qué?

–Pues que sería... sería... ¡alucinante!

Hugo no podía evitar sentirse de otra forma. El hecho de haber empezado a trabajar parecía darle otra consideración, sobre todo a los ojos de sus primos, que lo veían ya como un adulto más, alguien que los abandonaba para pasarse al bando de los mayores; alguien con quien, de ahora en adelante y de continuar así las cosas, sería más difícil compartir juegos y hasta conversaciones.

Mientras comían, Hugo recordó durante un instante a Enrique Ginestal, las conversaciones que había tenido con sus hijos y la decepción y pena tan grandes que había sentido, aunque quisiera disimularlas aparentando que comer solo el día de Navidad, como lo hacía durante el resto del año, no le preocupaba en absoluto. Durante un instante, pasó una idea por su cabeza: llamarle por teléfono e invitarle a comer a casa de sus abuelos. Pero, ¿quién era él para invitar a nadie a casa de sus abuelos? Además, estaba seguro de que Enrique se negaría a ir.

El relojero había salido a media mañana de su casa con una bolsa de plástico en la mano. En la bolsa llevaba una botella de cava y dos tabletas de turrón. Había quedado con su amigo Luis Naredo para comer. Por el camino pensaba en las sorpresas que le estaría preparando: primero, la propia comida, pues el anticuario era un excelente cocinero; y, segundo, la mesa y las sillas que elegiría para comer. ¿Serían del siglo XVII?, ¿de estilo isabelino?, *¿art déco?...*

Mientras viajaba en autobús en dirección a la plaza de Neptuno, no podía evitar un pensamiento que parecía haberse instalado en su mente y que con obstinación se negaba a abandonarla. Y en contra de lo que pudiera resultar más lógico, ese pensamiento no estaba relacionado con sus hijos ni con sus nietos, que estarían celebrando la Navidad sin él. Su pensamiento trataba de averiguar qué misterio, relacionado con el reloj que había encontrado el día anterior en el cajón de una vieja cómoda, iba a revelarle su amigo.

Aunque la visión del reloj había sido fugaz, trataba de recordarlo ejercitando su memoria: la caja era de forma hexagonal, de madera, y en cada vértice había unas letras pintadas que no había podido leer porque no llevaba las gafas puestas en ese momento. La esfera era blanca y redonda, con números romanos dorados, lo mismo que las manillas. También tenía una curiosa línea circular, pintada probablemente como adorno, que daba la vuelta a toda la esfera por detrás de los números. No recordaba haber visto la marca ni otro detalle que pudiera identificarlo.

Con esas características, estaba convencido de que no podía tratarse de una pieza de valor o de interés especial. Entonces... ¿por qué esa reacción tan extraña de Luis? ¿Por qué no le había permitido echar un simple vistazo al reloj y le había apartado de él casi con violencia? ¿Por qué le había contado primero aquel disparate de la maldición y después le había emplazado para el día siguiente, asegurándole que iba a revelarle algo extraordinario?

Se bajó en la misma plaza de Neptuno y caminó en dirección a la tienda de antigüedades. Nada más girar hacia la calle donde vivía su amigo, Enrique Ginestal se detuvo en seco. Había allí algo anormal, algo ajeno y extraño. Frente a la puerta de la tienda de antigüedades, con sus luces destellantes encendidas, se encontraban una ambulancia y un coche de la policía nacional. También algunos curiosos se arremolinaban en la acera de enfrente. Un negro presentimiento lo paralizó durante unos segundos y, al instante, poseído por una súbita urgencia, aceleró el paso.

Un policía uniformado se interpuso en su camino y le cerró el paso cuando pretendió entrar en la tienda.

–No se puede pasar.

–Soy amigo de Luis Naredo. ¿Puede explicarme qué ha sucedido?

–El anticuario ha muerto esta noche.

Las últimas palabras del policía fueron para Enrique como un mazazo. Durante unos instantes creyó que no podría sostener su propio peso y que se desvanecería sobre la acera. Una nube parecía haberse introducido dentro de su cabeza, una nube que envolvía su cerebro y lo mantenía en un estado de semiinconsciencia. Pero la voz de uno de los sobrinos de Luis, que se había acercado hasta la puerta de la calle, lo devolvió a la realidad.

–Déjelo pasar, por favor –le dijo al policía.

El policía se apartó ligeramente y, como un sonámbulo, Enrique entró en la tienda. Sus ojos recorrieron todos los rincones de aquel lugar, como si no hubieran perdido la esperanza de encontrar a su amigo detrás de alguno de aquellos objetos. Incluso, sintió ganas de gritar, de llamarlo como acostumbraba: «¡Luis, viejo amigo, sal de una vez! ¡No te escondas detrás de estos armatostes!»

–Murió de madrugada –le explicó el sobrino–. Sólo tuvo tiempo de marcar mi número de teléfono y pronunciar mi nombre. Eso bastó para darme cuenta de que algo muy grave le estaba sucediendo. Como vivo lejos de aquí, avisé a una ambulancia por si ellos llegaban antes que yo y podían hacer algo. Pero todo resultó inútil.

–¿Dónde está? –Enrique al fin pudo articular unas palabras.

–Dentro, en su habitación. Lo está examinando un médico. Como sabrás, mi tío sufrió un infarto hace poco. Todo hace pensar que le repitió esta noche, pero de manera definitiva.

El médico y un policía salieron en ese momento de la parte trasera de la tienda, donde se encontraban las habitaciones de Luis Naredo. Saludaron mecánicamente al sobrino y se marcharon sin decir nada. Poco después salió el otro sobrino del anticuario.

–Todo arreglado –dijo, sin poder evitar un tono de satisfacción en sus palabras. Luego, al reparar en Enrique le dio la mano y continuó hablando–. El médico no ha tenido inconveniente en certificar la defunción antes de las doce de la noche, así podremos enterrarlo mañana mismo.

Enrique se separó de los sobrinos y, abatido y desconsolado, dio unos pasos en dirección a la puerta de madera grande que separaba la tienda de la vivienda. Se detuvo en el umbral y no se sintió con fuerzas para continuar adelante. Se dio la vuelta y se apoyó en la pared. Desde allí, con la certeza de que lo haría por última vez, contempló los objetos amontonados que su amigo tanto apreciaba: el bargueño, el enorme perchero, el incómodo banco del siglo XVII, las butacas isabelinas, la cómoda llena de cajones... Al verla volvió a recordar aquel reloj hexagonal. Se acercó despacio a ella y la contempló un instante. Pasó incluso una de sus manos sobre la superficie de madera, como si estuviera acariciándola. Poco a poco, su mente se fue concentrando en uno de los cajones, aquel en el que Luis Naredo tenía guardado el reloj.

Los dos sobrinos permanecían junto a la puerta de la calle, hablando en voz baja. Enrique los observó un instante y pensó que estarían decidiendo el futuro del negocio, a pesar de que el cadáver de su tío estaba aún caliente a pocos metros de allí. En ese preciso instante comprendió que Luis Naredo tenía razón. Los sobrinos lo venderían todo: la tienda, con las habitaciones que habían servido de vivienda a su tío, y todos los objetos que allí había. Por supuesto, también venderían los valiosos cuadros que guardaba en la caja fuerte del banco. Los sentimientos y las ilusiones de toda una vida nada contaban frente a un montón de dinero.

De pronto oyeron un golpe seco y volvieron la cabeza hacia las habitaciones para ver de qué se trataba. Dos sanitarios empujaban una camilla, sobre la que habían colocado el cuerpo sin vida del anticuario, metido en un saco herméticamente cerrado. Los sobrinos se apresuraron a abrir las dos hojas de la puerta de la calle para facilitar el paso de la camilla hacia la ambulancia.

Y fue en ese preciso instante cuando la mente de Enrique se apartó de su amigo, a pesar de que lo tenía delante, a escasa distancia, y se concentró en un cajón de aquella vieja cómoda. Si Luis Naredo no lo había cambiado de sitio, allí debería estar el reloj hexagonal.

Los dos sobrinos habían salido a la calle, acompañando la camilla, como testigos mudos. Enrique pensó que no tendría otra oportunidad. Por eso, abrió con decisión el cajón de la cómoda. El reloj continuaba allí. Lo cogió con rapidez y lo escondió bajo su abrigo, mientras con una rodilla cerraba nuevamente el cajón. Él mismo se sorprendió de sus reflejos y de su rapidez.

Con el reloj bien sujeto, atravesó la tienda y, ya en la calle, se despidió de los sobrinos.

–¿Sabéis la hora del entierro? –les preguntó.

–Será mañana domingo, por la mañana; pero la hora aún no podemos confirmarla.

–Supongo que el cuerpo permanecerá en el tanatorio hasta el entierro.

–Sí, claro.

–Me pasaré un rato esta tarde.

–Seguro que por la tarde ya te podremos confirmar la hora.

Enrique se alejó deprisa del lugar y, sólo cuando llegó a la parada del autobús, se dio cuenta de que se había dejado dentro de la tienda la bolsa de plástico en la que llevaba la botella de cava y las dos tabletas de turrón. Su mano izquierda permanecía dentro del bolsillo del abrigo y sujetaba con firmeza el reloj hexagonal. Observó la plaza, por la que circulaban sin cesar riadas de coches, dirigidos por las luces cambiantes de los semáforos y ajenos a todo, incluso a la Navidad y, por supuesto, a la muerte de un viejo anticuario. Contempló la fuente del dios romano de las aguas y del mar; tampoco a él parecía preocuparle demasiado el destino de los mortales, aunque se tratara de sus propios vecinos. Alzó la vista, como queriendo salir de los límites de aquel lugar y de la ciudad entera, y descubrió un cielo cubierto de nubes que filtraban una luz mate y plomiza. Hacía mucho frío.

26 de diciembre

HUGO se despertó muy pronto, pero antes de levantarse de la cama se dijo a sí mismo que era domingo y que no tenía ninguna necesidad de madrugar. Por tanto, se propuso seguir durmiendo; sin embargo, aunque lo intentó cambiando de postura varias veces, no consiguió dormirse de nuevo.

Al cabo de media hora, desesperado de dar vueltas, se levantó. Hizo un poco de memoria para recordar la hora a la que se había acostado la noche anterior y pensó que lo había hecho muy temprano, por tanto, era lógico que no tuviera sueño y que no aguantase ni un minuto más en la cama, a pesar de ser domingo.

Se duchó con parsimonia y desayunó a sus anchas. La casa seguía sumida en un profundo silencio. Sus padres y su hermana parecían dormir como troncos, lo mismo que la mayoría de los vecinos del edificio. Dejó preparados tres servicios de desayuno sobre la mesa de la cocina y salió de casa sin hacer ruido.

Bajó a la calle y caminó hasta el quiosco. Compró el periódico con el suplemento dominical y regresó a casa. Se sentó en uno de los sillones del salón. Alguien se había levantado ya, pues se oía correr el agua en el cuarto de baño. A los pocos minutos, su madre, envuelta en un albornoz y con la cabeza mojada, apareció entre las hojas de la puerta entreabierta.

–Buenos días, mamá.

–Buenos días –su madre lo miró muy sorprendida–. Pero... ¿qué estás haciendo?

–Echo un vistazo al periódico. Si quieres el suplemento dominical...

–Ahora no. Voy a secarme el pelo antes de pillar un resfriado.

–Te lo dejaré en la mesa de la cocina, junto a tu desayuno.

La madre fue incapaz de articular una palabra más. ¿Sería posible que su hijo hubiera cambiado tanto en unos días? Cuando iba por el pasillo, se pellizcó con fuerza los carrillos de su cara, pues pensaba que sin duda alguna estaba soñando.

Al entrar en el cuarto de baño vio que su marido salía del dormitorio con los pelos alborotados.

–¿Esto es un sueño o estamos ya despiertos? –le preguntó.

El marido la miró reprimiendo un bostezo.

–Seguro que ayer bebiste más de la cuenta –le respondió–. Mira que te lo tengo dicho: la bebida te sienta fatal.

–¡Bah! –la madre le dedicó un elocuente gesto despectivo.

A las diez y media, con toda la familia ya levantada, Hugo llegó a la conclusión de que sería aburrido pasar el resto de la mañana encerrado en casa. Por eso, y porque realmente le apetecía verla, llamó a Berta.

–¿Estabas ya levantada?

–Sí, desde hace un rato. ¿Qué quieres?

–Pues qué voy a querer: verte. Después de la jornada de ayer, me sale la familia hasta por las orejas. Supongo que a ti te pasará lo mismo. Imagino que hoy no tendrás compromisos familiares.

–No, hoy no.

–Podríamos ir al Burger.

–A mí lo que me sale hasta por las orejas es la comida. Como siga comiendo así, me voy a poner como una foca.

–Pues a mí me encantan las focas.

–¡Qué gracioso!

–Entonces... ¿nos vemos?

–No sé.

–Aunque sólo sea para dar una vuelta por el barrio.

–No sé qué hacer...

–Te espero a las doce.

–¿Dónde?

–¿Recuerdas que al lado del taller de relojería hay un bar? El dueño se llama Marcelino y hace un café muy rico.

–¿Desde cuándo tomas café?

–No lo tomo ni para desayunar en mi casa, pero eso no tiene nada que ver con que Marcelino haga un café buenísimo. Me lo ha dicho Enrique, mi jefe.

–Estás como una cabra.

–Te espero en el bar.

–Oye, y Enrique, tu jefe... ¿estará también?

–No. Los domingos no abre el taller y él vive lejos, en otro barrio.

No le gustaba el rumbo que iba tomando la conversación de sus padres, en continua referencia a él mismo, por eso decidió abandonar cuanto antes la casa. Y, claro, le ocurrió lo de siempre, que llegó con mucho adelanto a la cita, a pesar de que caminó muy despacio, dio un rodeo y se paró en todos los escaparates. A las doce menos cuarto ya estaba en el bar de Marcelino.

–¡Muchacho! –se sorprendió el camarero–. No me digas que hoy también vienes a trabajar. Yo pensaba que trabajar los domingos era un privilegio reservado sólo a los camareros, como yo, a los conductores de autobuses, a los médicos de guardia, a los bomberos y alguna gente más; pero no a los relojeros.

–No, no –le explicó Hugo–. He quedado aquí con mi novia. Este sitio está a mitad de camino entre su casa y la mía.

–¿Y qué vas a tomar?

–Un refresco de naranja.

Marcelino se volvió hacia el refrigerador, pero, antes de que lo abriera, Hugo lo detuvo con nuevas palabras.

–He cambiado de opinión. Me voy a tomar un café.

Había probado el café cuando era más pequeño y no le había gustado, pero pensó que tal vez sus gustos habían cambiado con los años.

–¿Solo o con leche?

–Pues… mejor con leche.

–La leche, ¿fría o caliente?

–Pues… caliente. O no, mejor fría. Tampoco. Si puede ser, ni fría ni caliente.

–¿Templada?

–Sí, eso, templada.

–¿Lo quieres en taza o en vaso?

–Pues… en taza.

Hugo pensó que resultaba mucho más difícil de lo que creía tomarse un simple café. Además, cuando Marcelino se lo sirvió, y como si estuviera de broma, le preguntó:

–¿Con azúcar o con sacarina?

–Con azúcar.

Rasgó el sobre del azúcar y lo vació en la taza, luego dio vueltas y vueltas hasta que se aseguró de que se había disuelto. Por último, bebió un sorbo. Era la primera vez en su vida que se tomaba un café en un bar.

«No está mal –pensó–, aunque tampoco está como para chuparse los dedos. Otro día lo probaré solo.»

Berta llegó a las doce en punto. Hugo pudo leer en su gesto que había tenido algún problema en casa para salir.

–¿No te dejaban venir? –le preguntó.

–Es que tampoco es muy normal quedar un domingo a las doce de la mañana, y sobre todo si ese domingo sigue al día de Navidad.

–Pues yo no lo veo tan raro.

–A ti nada te parece raro.

–Si por la noche no has salido a ninguna parte, ¿qué tiene de extraño dar un paseo por la mañana?

–No es que no me dejen. Pero tienes que entender que a mis padres les extrañe un poco.

–¡Todos los padres son iguales! –exclamó Hugo de manera despectiva.

–¿Qué vas a tomar? –Marcelino se había acercado a la pareja.

Hugo pensó que debía proceder a las presentaciones y, engolando un poco la voz, dijo:

–Éste es Marcelino, el dueño del bar. Ésta es Berta, mi novia.

Marcelino y Berta se estrecharon la mano.

–Tomaré un refresco de naranja –dijo Berta algo cortada. Y luego, cuando el camarero se alejó de ellos, le dijo a Hugo–: ¿Por qué tienes que presentarme como tu novia?

–¿No lo eres?

–Salimos juntos, nada más.

–¿Y eso no es ser novios?

La presencia de Marcelino, con la botella del refresco en una mano y un vaso en la otra, zanjó la disputa. Pero, al mismo tiempo, una mirada del camarero hacia la puerta de entrada y un gesto de sorpresa dieron un giro radical a la situación.

–¡Enrique! ¡Qué raro se me hace verte un domingo por aquí! –dijo Marcelino.

Hugo y Berta se volvieron de inmediato y no pudieron evitar un gesto de extrañeza. Ninguno de los dos esperaba encontrar en aquel lugar a Enrique Ginestal; parecía completamente abatido, con las huellas de una noche de insomnio reflejadas claramente en su rostro.

Se dirigió hasta la barra y se acodó sobre el mostrador.

–Luis Naredo murió ayer –dijo.

–¿El anticuario? –preguntó aún Marcelino.

–El mismo. Un infarto de miocardio lo dejó fulminado.

Hugo y Berta se miraron. Los dos estaban desconcertados y ninguno sabía qué hacer ni qué decir. A ambos les gustaría, sobre todo, poder animar un poco a Enrique, que se notaba que lo estaba pasando muy mal; pero, ¿existe alguna fórmula en el mundo para animar a alguien que ha perdido a un verdadero amigo?

Marcelino le sirvió un café a Enrique y éste, como si lo estuviera esperando con verdadera ansia, se lo bebió de dos tragos. Luego se volvió hacia Hugo y se le quedó mirando un rato antes de hablarle.

–¿Te acuerdas de aquel reloj que no me dejó ver?

–Sí –afirmó Hugo.

–Ayer lo cogí. Aproveché un descuido de los sobrinos y me lo llevé. Lo he traído a la tienda con intención de examinarlo a fondo, pero no he tenido ánimos para hacerlo. Mañana lo miraremos más despacio.

Entonces Hugo recordó unas palabras de Luis Naredo y no pudo evitar un estremecimiento.

–Él dijo que ese reloj tenía una maldición, que quien lo poseyera, moriría.

Enrique esbozó una sonrisa.

–¿Y tú lo creíste? Te aseguro que a Luis no le ha matado la maldición de un reloj, sino un maldito infarto de miocardio.

–¡No somos nadie! –exclamó el camarero.

Enrique se abotonó el abrigo y se dispuso a salir del bar.

–Ha sido una sorpresa encontraros aquí. No lo esperaba.

Entonces Hugo se dio cuenta de que aún no le había presentado a Berta.

–¡Ah, se me olvidaba! –dijo un poco azorado–. Éste es Enrique Ginestal, mi jefe. Ésta es Berta, mi… una amiga.

–Encantado –respondió Enrique–. Me hubiera gustado quedarme un rato con vosotros, pero tengo que irme. Dentro de una hora entierran a Luis. Quiero estar con él, o con lo que quede de él, en ese instante.

Enrique salió del bar y, sin poder explicarse por qué, Hugo tuvo la certeza de que quería ir con el relojero al entierro. No tanto por Luis Naredo, con el que sólo había coincidido una vez, sino por el propio Enrique, para que no estuviera tan solo en el cementerio.

–Debemos acompañarlo –le dijo a Berta.

–¿Nosotros? –se extrañó la chica.

–Pues claro.

–Yo no conocía a ese señor de nada.

–Yo de casi nada. Pero cuando te digo que debemos acompañarlo, no me refiero al muerto, sino a Enrique. ¿No te has fijado el aspecto tan malo que tenía?

–Me he fijado, pero… a mí no me hace gracia ir a los cementerios, y menos al entierro de una persona a la que no conocía de nada.

–Pues yo iré. Si tú no quieres…

–¡Está bien! –le cortó Berta–. ¡Siempre tienes que salirte con la tuya!

Se marcharon del bar a toda prisa, con intención de alcanzar cuanto antes a Enrique. Lo vieron calle abajo, a veinte o treinta metros, parado en la acera, como esperando algo. De pronto, alzó su brazo y llamó a un taxi que pasaba en esos momentos por la calle con la luz verde encendida. Hugo y Berta echaron a correr y le dieron alcance justo cuando iba a entrar en el automóvil.

–Iremos con usted –le dijo Hugo.

–¿Os habéis vuelto locos?

–Lo hemos decidido –insistió Hugo–. A Luis no lo conocíamos, pero sí a usted, y no queremos que vaya solo al cementerio.

–Oye, oye, que ya soy mayorcito para que un mocoso como tú me diga lo que tengo que hacer –pareció molestarse Enrique.

Hugo acusó el golpe y se quedó visiblemente cortado, aunque enseguida se rehízo.

–No era mi intención, se lo aseguro –dijo a modo de disculpa–. Nos pareció que usted estaba sufriendo mucho y sólo pretendíamos acompañarlo y, si fuera posible, animarlo. Nada más.

Enrique se quedó mirando al muchacho fijamente a los ojos y tuvo que hacer un gran esfuerzo para contener una lágrima que quería rebosar el límite de sus párpados.

–Gracias, Hugo –le dijo, y sus palabras tenían algo especial que las hacía terriblemente sinceras–. Gracias a ti también, Berta.

Y Enrique fue incapaz de oponerse a la firme decisión que habían tomado los muchachos; por tanto, los invitó a entrar en el taxi.

–Al cementerio de la Almudena –le dijo al taxista.

Llegaron antes de la hora a la sepultura de Luis Naredo, que se encontraba abierta, con la lápida de mármol desplazada hacia un lado.

–Prefiero llegar antes y esperar aquí a la comitiva fúnebre –les explicó Enrique–. Siempre he odiado todo el ritual que precede y sucede a los enterramientos.

Hugo miró a derecha e izquierda y no divisó más que tumbas y más tumbas. Todo el mundo de los vivos parecía haber dejado de existir para dar paso al mundo silencioso de los muertos. Contribuía a ello el frío de una mañana invernal, cubierta de densas nubes que eran arrastradas con fuerza por un viento gélido del norte. A ratos lloviznaba y, más que agua, caían pequeños copos de nieve, que bailaban enloquecidos una danza macabra entre las sepulturas.

Al cabo de unos minutos, por una de las calles interiores del cementerio, llegaron el coche fúnebre y otros dos automóviles. Enrique pudo reconocer a las seis personas que se bajaron de los coches, las únicas que habían acudido al entierro de Luis Naredo: sus dos sobrinos, que habían tenido el detalle de ponerse una corbata negra; la portera del edificio donde tenía la tienda y su marido, un anticuario ya jubilado, y el camarero del bar donde Luis solía comer a menudo. Y nadie más, aparte de él mismo, y de esos dos jóvenes boquiabiertos que habían querido acompañarlo. En total, nueve personas.

«Y si fuera yo el muerto –se preguntó Enrique–, ¿cuántas personas acudirían a mi entierro? ¿Nueve? ¿Más?» Pero él mismo hizo un esfuerzo por apartar aquel pensamiento absurdo de su mente.

Habían aparecido también varios empleados del cementerio, que fueron los que procedieron a sacar el ataúd del coche fúnebre y a introducirlo en la sepultura, valiéndose de un par de gruesas sogas, que pasaron por debajo de la caja.

En aquellos instantes, y más que nunca, Enrique se sintió identificado con las ideas de su amigo Luis Naredo. Sí, él tenía razón cuando se quejaba amargamente del mundo en el que le había tocado vivir, un mundo casi siempre despiadado y empeñado en acabar con los ancianos antes de que les llegara la hora de la muerte; tenía razón cuando se negaba a jubilarse, porque el trabajo era lo único que le mantenía vivo; tenía razón cuando aseguraba que el cariño está siempre unido al interés…

Enrique sacó un pañuelo y se enjugó unas lágrimas que habían vencido al fin su propia resistencia.

Y cuando el ataúd pasó frente a él, tuvo la sensación de que la caja no era de madera sino de cristal transparente y que, desde dentro, su amigo Luis Naredo, con una sonrisa esculpida en sus labios, le animaba a seguir luchando. Luchar contra todo y contra todos, contra la propia existencia, que se valía de una serie de principios de biología elemental para ir degradándolos poco a poco. ¡Luchar! Luchar, sí, contra la ingratitud de la vida, contra el mundo, contra la biología, contra el destino y –¿por qué no tratándose de un viejo relojero?– contra la marcha incesante e implacable de los relojes.

Cuando la primera palada de tierra cayó sobre la caja, Enrique Ginestal cogió a Hugo y a Berta por el brazo y se alejó con ellos.

–Ya os he dicho que odio el antes y el después de los enterramientos –les dijo.

Salieron del cementerio y tomaron uno de los muchos taxis que aguardaban clientes en la puerta.

–Os llevaré a casa.

La primera parte del trayecto la hicieron en silencio, sin mirarse. En los tres aún estaban muy vivas las imágenes del entierro. Pero, de pronto, Enrique pareció cambiar de actitud.

–¡Vaya día de perros! –exclamó, al tiempo que miraba hacia el exterior por la ventanilla del coche–. Supongo que a estas alturas ya os habréis arrepentido de acompañar a un viejo como yo al entierro de un amigo.

–¡No! –respondieron a dúo Hugo y Berta, que si algo tenían claro era que no se habían arrepentido en ningún momento de su decisión.

–Os lo agradezco de verdad, pero ahora vais a hacer lo que yo os diga.

–¿Qué quiere que hagamos? –preguntó Berta algo intrigada.

–Hoy es domingo y estamos en plenas fiestas navideñas. Muy pronto acabará el año, pero no se acabará el mundo, ni la vida. Una ocasión así hay que celebrarla. Lo único que quiero es que os divirtáis mucho.

–¿Divertirnos? –preguntó Hugo un poco desconcertado.

–¡Divertiros, sí! ¿Es que voy a tener que explicaros también lo que tenéis que hacer para divertiros?

Y los tres rieron de buena gana.

–Iremos al cine. ¿Qué te parece, Berta?

–Bien.

Enrique chascó los dedos de la mano y meneó la cabeza, como lamentándose por algo.

–Si pusieran en algún cine *Cantando bajo la lluvia,* os acompañaría. Pero me temo que esa película sólo la ponen en la tele de vez en cuando. Así que os dejaré solos.

Hugo y Berta prefirieron quedarse en el centro de la ciudad, pues querían dar un paseo antes de comer, y Enrique continuó hasta su domicilio. Se sentía muy cansado. Pensaba que comería alguna cosa al llegar y luego se echaría una larga siesta para reponer fuerzas y serenar las emociones que había vivido durante la jornada.

–Ya no se hacen películas como ésa –el taxista le habló volviendo ligeramente la cabeza.

–¡Eh! ¿Cómo dice? –Enrique no sabía a qué se estaba refiriendo.

–*Cantando bajo la lluvia.* Gene Kelly. Ya no se hacen esas películas, se lo digo yo.

Enrique sonrió y miró el rostro del taxista por el espejo retrovisor. Era un hombre de unos sesenta años.

–Ya no se hacen esas películas –le contestó–, aunque supongo que se harán otras. Si le digo la verdad, hace por lo menos veinte años que no voy al cine.

27 de diciembre

A pesar de que, como de costumbre, Hugo llegó con adelanto al taller, se encontró la puerta abierta y las luces encendidas. El relojero esta vez se había adelantado. Pensó que, como consecuencia de las emociones vividas el día anterior, Enrique habría dormido mal y, harto de dar vueltas por su casa, habría preferido encerrarse en el taller, que al fin y al cabo era donde se encontraba su verdadero mundo, como él mismo le había confesado en una ocasión. Quizá ya estuviera examinando el reloj de su amigo, ese reloj sobre el que pesaba una maldición, según les había contado el propio Luis Naredo. Y no es que él creyera en maldiciones ni cosas por el estilo, pero también resultaba curioso e inquietante que, después de contarles aquello, el anticuario se muriera de repente.

Entró con decisión y se encontró a Enrique sentado a su mesa, con el flexo encendido y embelesado en los engranajes de un reloj de pared que llevaba dos días desarmado;

con un pequeñísimo destornillador trataba de ajustar una pieza.

–Buenos días.

–Buenos días, Hugo. Aunque también hoy has llegado antes de la hora, me he adelantado.

–¿No ha dormido bien esta noche? –Hugo quiso confirmar sus sospechas.

–He dormido bien, aunque me he despertado muy temprano –respondió el relojero–. Me acordé entonces de este dichoso reloj y me dije: «De hoy no pasa.» Y te aseguro que así va a ser; ya he dado con el problema y, antes de que te quites el anorak, lo habré solucionado. Con este tipo de relojes que tienen tanta maquinaria ocurre a veces que los revisas enteros y no acabas de encontrar la avería, hasta que de pronto tienes una intuición o una corazonada. Los relojes antiguos son como los ancianos: tienen achaques, pero a veces resulta difícil descubrir dónde está realmente el desajuste. Por eso hay que valerse de los presentimientos.

Hugo pensó que Enrique parecía de buen talante, como si ya hubiera superado el mal trago. Su aspecto había mejorado y no cabía la menor duda de que estaba locuaz y hasta parlanchín. Se quitó el anorak y lo colgó en una percha del armario; luego se sentó a su mesa; aún le quedaban unas cuantas piezas por lustrar.

–Pensaba que estaría examinando el reloj de su amigo el anticuario –le dijo al cabo de un rato.

Enrique alzó ligeramente la cabeza y lo miró de reojo.

–Ésa era mi intención –reconoció el relojero–; pero, como ya te he dicho, tuve una corazonada y decidí arreglar primero este reloj que tanta lata me ha dado. Las intuiciones hay que aprovecharlas en el momento, pues de lo contrario se pierden.

–Sí, claro.

–¿Tú también quieres echar un vistazo a ese reloj? –le preguntó de pronto el relojero en otro tono.

–Reconozco que siento... curiosidad –reconoció Hugo.

–¿Por saber si está realmente maldito?

–Usted me dijo que no creía en esas cosas. Yo tampoco creo.

–Mejor así.

Enrique se levantó, cogió el reloj de pared en el que había estado trabajando y lo colocó sobre un mostrador. Luego, abrió un armario y sacó una bolsa de plástico con algo dentro.

–Aquí está –le dijo a Hugo.

Con cuidado extrajo de la bolsa el reloj, lo depositó sobre el tablero de su mesa y le hizo un gesto a Hugo para que se acercara. El muchacho se levantó al instante y casi corrió hasta la mesa de Enrique. Se quedó mirando fijamente el reloj. La caja era de madera, de forma hexagonal, e incrustada en ella se hallaba la esfera; en cada vértice del hexágono, con letras doradas, estaban escritos los nombres de varias ciudades europeas: Atenas, Roma, Copenhague, Madrid, París y Londres.

–¿Qué te parece? –le preguntó de pronto Enrique.

–No sé –Hugo se encogió de hombros.

–Luis tenía razón: este reloj no tiene ningún valor. Yo no lo querría ni regalado. Sólo hay dos cosas que me llaman la atención: los nombres de las ciudades escritos en cada vértice, lo cual no deja de ser un detalle hortera, de mal gusto, y esa línea circular que bordea la esfera por detrás de los números, que es de un diseño horroroso.

–No tiene desperdicio –sonrió Hugo–. ¿Y por qué cree que su amigo no se lo quiso enseñar?

–Eso mismo es lo que me estoy preguntando yo. Si lo recuerdas, primero me dijo que me había adelantado. Y luego me aseguró que al día siguiente me daría una explicación; pero murió antes de poder hacerlo. ¡Qué extraño!

Entonces Enrique cogió el reloj y se lo acercó a su rostro. Se quitó las gafas, como si así fuera a verlo mejor, y se las volvió a poner. Luego se sentó y, como poseído por una súbita urgencia, comenzó a desarmarlo. Sacó primero la esfera y la maquinaria de la caja de madera hexagonal, y después le quitó el cristal y las manillas. Por último, cogió una lupa de gran aumento y con ella examinó centímetro a centímetro la línea circular.

–¿Ha descubierto algo? –le preguntó intrigado Hugo.

Enrique le entregó la lupa y le dijo:

–Mira tú mismo. Hay unas letras y unos números escritos sobre esa línea; son muy pequeños. Trata de leer lo que pone.

Hugo miró con gran curiosidad y, en efecto, descubrió unas letras y unos números minúsculos dentro de aquella línea. Fue girando poco a poco el reloj y leyendo. Al mismo tiempo, en un papel, Enrique iba escribiendo las palabras que Hugo le decía:

–*«27/12 – Gran Vía, cine Azul – 5 p. m. – Insignia Atlético de Madrid en la solapa, paraguas negro.»*

–¿Qué significa eso?

Enrique se encogió de hombros.

–Estoy tan desconcertado como tú.

Repasó mentalmente una y otra vez aquella frase y, de repente, creyó encontrar un rayo de luz. Miró la hoja del calendario y constató lo que ya sabía: era lunes, veintisiete de diciembre. Hugo adivinó enseguida sus pensamientos.

–Una fecha –dijo–. Veintisiete del doce. Quizá quien escribió esto pretendía señalar un día concreto.

Más sencillo resultaba descifrar la siguiente frase: *Gran Vía, cine Azul.* Se trataba de un lugar muy céntrico y conocido de Madrid, muy cerca de la plaza de España.

–*«5 p. m.»* sólo puede referirse a una hora –continuó razonando Enrique–. Las cinco de la tarde.

–Lo último es más desconcertante –comentó Hugo–. *«Insignia Atlético de Madrid en la solapa, paraguas negro.»* A lo mejor se refiere a un partido de fútbol en el que llovía mucho.

Enrique repetía mentalmente una y otra vez la frase, como si en la reiteración fuera a encontrar la clave de aquel enigma. De pronto se sorprendió dando un grito:

–¡Una cita! ¡Se trata de una cita!

Parecía muy lógica la deducción de Enrique: el veintisiete del doce, a las cinco de la tarde, en el cine Azul de la Gran Vía y, para ser reconocido, debería llevar una insignia del Atlético de Madrid y un paraguas negro. ¡Una cita! ¿De qué otra cosa podía tratarse?

–Es verdad –reconoció Hugo, asombrado. Y como atraído por un imán, giró la cabeza hacia el calendario.

–Sí –confirmó Enrique–. Hoy es veintisiete de diciembre. Luis había quedado esta misma tarde.

Resuelto el enigma, permanecieron el resto de la mañana sin apenas cruzar palabra, embelesados en sus propios pensamientos; sobre todo Enrique, que no podía comprender por qué motivo su amigo se había servido de aquel reloj para fijar una cita.

Entonces el relojero trató de imaginar a la persona con la que su amigo había quedado. Supuso que tal vez se tratara de algún negocio; quizá alguien que quería venderle un objeto de valor o una obra de arte. ¿Y por qué tanto secreto? A lo mejor se trataba de algún objeto introducido en el país de forma ilegal. El propio Luis le había hablado a menudo de traficantes de obras de arte que las robaban en un país y las vendían impunemente en otro.

Sin embargo, le resultaba exagerado recurrir a la artimaña del reloj. Hubiera bastado una simple llamada telefónica para concertar una cita en algún lugar discreto de la ciudad. Además, Enrique sabía que Luis era un hombre honrado, que estaba en contra del tráfico de obras de arte y de las mafias que lo sustentaban. Entonces... ¿de qué demonios se trataba?

Poco a poco, otra idea empezó a cobrar sentido en su mente. ¿Y por qué no podía ser una cita amorosa? Quizá Luis había quedado con una mujer a la que habría conocido por carta o por teléfono o por Internet, y a la que por fin quería conocer en persona. Pero de nuevo pensó en el reloj hexagonal: nadie fija una cita con una mujer de una forma tan rebuscada.

Nada, por tanto, justificaba la presencia del reloj, a no ser que la cita implicase otro asunto más complejo y misterioso, que desde luego Enrique ni siquiera podía sospechar.

Al mediodía, poco antes de marcharse, y como si hubiera leído los pensamientos de su jefe, Hugo le preguntó:

–¿Irá esta tarde a la cita?

–¡Qué dices! –pareció sorprenderse Enrique.

–Yo creía que..., bueno, que usted había pensado...

–Pues sí –reconoció Enrique–, lo he pensado; pero eso no quiere decir que lo haga.

–Si usted va a la cita, yo también iré –le dijo Hugo con decisión.

–¿Tú? ¿Y para qué quieres ir tú?

–Por si necesita ayuda. No sabe con quién va a encontrarse.

–¿Y no has pensado que, si nos ven juntos, la persona que tiene que presentarse allí tal vez no lo haga?

–No digo que vayamos juntos. Yo iré por un lado y usted por otro. Me puedo colocar en la acera de enfrente y, desde allí, observar lo que ocurre. Y si pasa algo raro…

–Correrás en mi ayuda –completó la frase Enrique con ironía–. ¿No es eso? Como en las películas de acción. Anda, deja de fantasear y vete a casa de una vez. No sé qué misterio podrá encerrar esa frase escrita en el reloj hexagonal, pero no tengo ningún interés en averiguarlo. Quizá me llevase una sorpresa muy desagradable.

Hugo se marchó a casa y Enrique, después de cerrar el taller, pasó por el bar de Marcelino. No es que le apeteciera picar algo antes de comer, sino que estaba seguro de que allí podrían proporcionarle algo que iba buscando. Nada más entrar en el bar, echó un vistazo a la pared del fondo, llena de fotografías del equipo de fútbol del Atlético y de banderines firmados por algunos jugadores.

–Hola, Enrique –le saludó Marcelino.

Con disimulo, Enrique le hizo un gesto para que se acercara y le habló en voz baja.

–Oye, dime una cosa: ¿tienes por casualidad una insignia del Atlético de Madrid, una de esas que se ponen en la solapa?

Marcelino lo miró con gran complacencia, sin poder reprimir un gesto de enorme satisfacción.

–¿Ya te has convencido de que no hay otro equipo como el Atlético de Madrid?

–¿La tienes o no? –se impacientó Enrique.

Marcelino metió la mano en un cajón y sacó una insignia de gran tamaño.

–¿Qué te parece ésta?

–¿No tienes alguna más discreta?

–¿Discreta? ¿Qué quieres decir?

–Déjalo.

Enrique cogió la insignia y se la metió en el bolsillo del abrigo. Luego salió apresuradamente del bar. Marcelino no dejaba de sonreír.

Después de comer, a las cuatro en punto de la tarde, Enrique Ginestal salió decidido de su casa. Llevaba un paraguas negro en la mano y la insignia del Atlético de Madrid en la solapa del abrigo. Caminó hasta la parada del autobús sintiéndose un poco incómodo, pues aquella insignia del Atlético, rival eterno de su querido Real, era como una punzada que se le clavaba en su propia carne.

Veinte minutos antes de las cinco, Enrique se encontraba frente al cine Azul observando las carteleras de la película. De repente se sorprendió nervioso, intranquilo, incómodo, en medio de una situación que no controlaba y con la que nada tenía que ver. Después de muchos razonamientos había llegado a la conclusión de que sólo podía tratarse de una mujer. Esa posibilidad era la única que tenía algún sentido.

Entonces intentó imaginar a esa mujer y lo consiguió con relativa facilidad. Se trataría de una señora con bastantes años a la espalda, seguramente rondando los sesenta. Sin duda sería guapa y muy elegante, además de refinada y culta. Recordó entonces algunas conversaciones mantenidas con Luis sobre mujeres para tratar de recomponer con más precisión el retrato de la que iba a encontrarse en unos minutos.

Le sorprendía aprovecharse de la situación que el destino le deparaba. Pero Luis había muerto; por eso, no se podía hablar de traición o deslealtad. Entonces... ¿por qué no intentar hacer amistad con aquella desconocida? Claro que antes tendría que darle la terrible noticia, y eso suponía empezar una relación con mal pie.

Se sorprendió ilusionado pensando en aquella mujer, a la que ya se imaginaba cogida de su brazo, de paseo por la calle, cenando en un restaurante, en el cine... Y si llegaban a intimar, incluso podían hacer un viaje el verano próximo. ¿Qué tal París? ¿O quizá Venecia, tan romántica?... Y si las cosas iban bien, podían reunir un día a sus hijos y darles una gran noticia: «Tengo que comunicaros algo importante: me caso.»

Enrique Ginestal no pudo evitar reírse de sus propios pensamientos, que le parecieron los más disparatados del mundo.

Cuando volvió a mirar su reloj de pulsera, eran las cinco en punto de la tarde. En ese instante sintió que alguien le daba unas palmaditas en el hombro y se volvió.

A su lado descubrió a un hombre mayor que él, posiblemente de más de setenta años. Lo miraba fijamente y le sonreía.

–Ha sido muy puntual –se limitó a decirle.

–Sí... –titubeó Enrique.

–Todo está en la maleta –añadió el desconocido.

Entonces Enrique vio una maleta, de tamaño medio, que aquel hombre llevaba en la mano y que, de repente, colocó en el suelo, justo a su lado.

–La maleta... –Enrique no sabía qué hacer ni qué decir.

–Dentro encontrará las instrucciones.

–Pero yo... –por un momento pensó decirle toda la verdad.

–Tengo que marcharme –le interrumpió el desconocido–. No debemos permanecer mucho tiempo juntos. Buena suerte, y recuerde que todos estaremos pendientes de usted.

El hombre le tendió la mano y Enrique se la estrechó de forma mecánica, y antes de que pudiera reaccionar, se había alejado deprisa, perdiéndose en el marasmo de gente de la Gran Vía.

Enrique miró a un lado y a otro, desconcertado, luego recordó sus últimos pensamientos y no pudo contener una amarga sonrisa. Sin saber por qué, cogió la maleta y se marchó en dirección a la parada del autobús.

El autobús iba casi vacío y Enrique se sentó en la parte de atrás, con la maleta entre las piernas, y enseguida se fijó en dos jóvenes, con la cabeza casi tapada por las solapas del anorak y unas bufandas que llevaban enrolladas como pasamontañas; habían subido en la misma parada y se dirigían directamente hacia él. Sintió miedo hasta que escuchó la voz de uno de ellos.

–Somos nosotros.

Se quitaron la bufanda y Enrique respiró más tranquilo al descubrir a Hugo y a Berta.

–Pero no te dije que... –quiso reprender Enrique a Hugo.

–También me dijo que no acudiría a la cita –replicó el muchacho–. Hablé con Berta y decidimos vigilar, por si pasaba algo raro.

–¿Más raro todavía?

–Hemos estado todo el rato en la acera de enfrente. No nos hemos perdido detalle. Bueno, sólo cuando pasaba algún autobús, que no nos dejaba ver bien.

En los jóvenes se notaba una gran excitación, como si acabaran de vivir una aventura extraordinaria y, tras muchas peripecias, hubieran salido bien de ella.

–¿Qué hay en la maleta? –preguntó Berta.

–No lo sé. Ese hombre que habéis visto se limitó a entregármela y a decirme que dentro encontraría las instrucciones.

–¿Qué instrucciones? –preguntó esta vez Hugo.

–Sé lo mismo que vosotros, es decir, nada. Iremos al taller y la abriremos, así saldremos de dudas. Pero tengo un presentimiento que no me gusta nada.

–¿Y no puede decirnos de qué se trata? –Hugo estaba impaciente por resolver aquel enigma.

–Creo que esta maleta contiene un objeto de gran valor, tal vez un cuadro, o una escultura, que Luis podría haber adquirido de una manera anormal. Y cuando digo anormal, en realidad, quiero decir ilegal. No tendría sentido rodear el asunto de tanto misterio si no fuese porque la operación no se ha hecho de manera clara.

–¿Quiere decir que...? –Hugo no se atrevió a terminar la frase.

–Quiero decir eso mismo que tú estás pensando ahora. Y me cuesta admitirlo, ya que Luis era un hombre honesto en su vida y también en su trabajo.

–Tendrá que informar a la policía –razonó Berta.

–Supongo que sí, aunque primero tenemos que abrir la maleta.

Se bajaron del autobús y, a buen paso, se dirigieron hacia el taller. Al pasar frente al bar de Marcelino, Enrique pensó en devolverle la insignia del Atlético, que parecía quemarle en la solapa; pero era tanta la curiosidad que sentía, que ni siquiera hizo ademán de detenerse.

Entraron en el taller y Enrique le pidió a Hugo que cerrase por dentro, para que nadie los molestase. Dejó la maleta sobre el mostrador y se quitó el abrigo.

–Ahora saldremos de dudas –dijo.

Desabrochó primero un par de correas de cuero y luego abrió dos cerraduras que no tenían la llave echada. Lentamente, muy lentamente, abrió la maleta. Y a medida que los objetos que había en el interior quedaban al descubierto, el rostro del relojero iba cambiando de expresión.

–¿Qué es eso? –preguntó Hugo lleno de curiosidad, sin quitar la vista de los objetos, que le resultaban rarísimos.

Enrique los sacó de la maleta y los examinó con más detalle.

–Por un lado, hay un complejo artilugio mecánico; por otro, un engranaje de relojería de gran precisión.

–¿Y para qué sirven?

–No lo sé. Creo que el engranaje de relojería podría controlar el artilugio mecánico a una cierta distancia.

Enrique se sentó en una silla y permaneció un buen rato en silencio, inmóvil, frente a los dos jóvenes que le miraban perplejos. No podía entender nada de nada. Si complicado era encontrar sentido a una cita concertada a través de un mensaje oculto en un reloj, el contenido de aquella maleta desbordaba toda su capacidad imaginativa.

Su mirada recorría las paredes del taller, como si en algún rincón estuviera la respuesta de aquel enigma. A medida que transcurrían los minutos, se iba sintiendo más confundido. ¿Qué significaban aquellos artilugios? ¿Qué revelación iba a hacerle su amigo Luis Naredo antes de morir?

–Podéis marcharos –dijo de pronto a los muchachos–. Olvidad a este relojero y las cosas tan extrañas que le están pasando.

Hugo miró a Berta, como buscando su complicidad antes de responder, y dijo:

–A nosotros... nos gustaría poder ayudarle.

Enrique se levantó resuelto de la silla y paseó un instante por la habitación. Luego, como hablando para sí, dijo:

–Quizá debería avisar a la policía para ver si ella puede encontrar sentido a este asunto; pero no lo haré, al menos por ahora. Voy a intentar descubrir por mi cuenta todos los entresijos de esta historia tan disparatada. Así que os repetiré lo que os he dicho hace un rato: marchaos y divertíos, que estamos en fiestas.

–No se olvide de que aún trabajo para usted.

–No vuelvas hasta dentro de un par de semanas, cuando pase toda esta locura. Si te sigue interesando el trabajo, te lo daré.

–No voy a hacerlo, a no ser que me despida ahora mismo.

Enrique se acercó a la maleta y volvió a mirar su contenido. Luego le dijo a Hugo:

–Creo que has tomado una decisión equivocada.

–Quizá esté descubriendo mi verdadera vocación: detective –sonrió el muchacho.

A continuación, Enrique comenzó a rebuscar por los bolsillos laterales de la maleta. Había recordado que el desconocido del cine Azul le había dicho que dentro estaban las instrucciones. Por fin, en el fondo de uno de esos bolsillos, encontró un papel doblado. Lo sacó con cuidado y lo desdobló. A mano, con letra temblona, alguien había escrito lo siguiente: «*28/12 – Zoo, rinoceronte blanco – 11 a. m. – Insignia Real Madrid en la solapa, diario "El País" en la mano.*»

Después de haber descifrado el mensaje del reloj, Enrique y Hugo no tuvieron dificultad en comprender lo que significaban las palabras escritas en aquel papel.

28 de diciembre

No sólo el tiempo no mejoraba, sino que cada día amanecía peor que el anterior, más cerrado de nubes, oscuras y arremolinadas por fuertes rachas de viento gélido. La humedad era muy alta y no pasaba un día sin que lloviera o incluso nevara un poco.

Hugo se levantó a la misma hora y salió de su casa como venía haciéndolo durante los últimos días, es decir, procurando no coincidir con su madre, para evitar así sus consejos y sus reproches.

Andando muy despacio, llegó hasta la puerta del taller, se cercioró de que estaba cerrada y se dirigió al bar de Marcelino.

–Hola, muchacho –le saludó el camarero–. ¿Ya has dejado a tu jefe trabajando?

–Hoy no abrirá el taller. Tenía unos asuntos personales que resolver.

–¿Y lo vas a abrir tú?

–No, no. Yo... tengo la mañana libre; lo que pasa es que he quedado con mi novia aquí.

–¿Y qué vas a tomar?

–Un refresco de naranja. Bueno, no. Mejor... un café.

–¿Con leche?

–Solo. Hoy lo tomaré solo. Solo, caliente, en taza y con azúcar.

–¡Marchando!

Hugo vació un sobrecillo de azúcar en el café y bebió un trago. Le supo a rayos. El café con leche no le había entusiasmado, pero solo, así, sin leche, le parecía un vomitivo, con un amargor que se pegaba a la lengua y que se irradiaba por toda la boca. Pidió más azúcar a Marcelino y éste le dejó un par de sobrecillos sobre el mostrador.

Esperó unos minutos, mirando constantemente hacia la puerta de entrada; luego rasgó el segundo sobre y echó también el azúcar en la taza. Volvió a beber un trago; ahora estaba más dulce, pero desde luego nada apetecible. Repitió la operación con el tercer sobre y, como si el problema estuviera en la disolución, removió el café que quedaba durante un buen rato, sin atreverse a tomarlo.

Llegó Berta y, tras cruzar un saludo rápido con Marcelino, que charlaba con un parroquiano sobre la filosofía del estoicismo y el Atlético de Madrid, se acercó a Hugo.

–¿Quieres tomar algo? –le preguntó él–. Tenemos tiempo de sobra hasta las once.

–No, ya he desayunado.

–Por cierto, ¿tú desayunas café?

–Sí.

–Pues prueba éste –y le señaló la taza que seguía sobre el mostrador–. No sé si será cosa mía, pero le encuentro un sabor un poco raro. Pruébalo tú.

Berta bebió un trago y, al instante, puso un gesto de asco.

–Parece jarabe, pero ¿cuánto azúcar le has puesto?

–¿Cuánto azúcar le pones tú?

–Una cucharadita.

–¡Bah! Creo que seguiré desayunando toda la vida leche con cacao.

Salieron del bar y estuvieron pensando un rato en la forma de ir al zoo. Había un autobús que llegaba hasta la misma puerta, pero la parada les quedaba demasiado lejos. Finalmente se decidieron por el metro; tendrían que hacer un transbordo, pero a pesar de todo sería mucho más rápido.

Bajaron varios tramos de escaleras y, tras pasar por la zona de taquillas, recorrieron un larguísimo pasillo hasta el andén. Hugo no pudo evitar pensar un momento en su madre, que todos los días hacía ese mismo recorrido para poder coger el metro hasta el trabajo. Durante el primer tramo, los vagones iban bastante llenos; sin embargo, después del transbordo, la situación cambió por completo y hasta pudieron sentarse.

En la estación de Lago, el tren salió a la superficie, lo que llamó la atención de los jóvenes, no acostumbrados a que el metro abandonase los oscuros túneles. Miraban por la ventanilla la enorme extensión arbolada de la Casa de Campo y, aunque ninguno lo expresó en voz alta, los dos pensaron que en el exterior debía de hacer un frío horrible.

–¿Crees que Enrique se molestará si descubre que lo seguimos? –preguntó Berta.

–No debe descubrirlo, por lo menos hasta después del encuentro.

–Y si pasa algo, ¿qué haremos?

–¿A qué te refieres? –preguntó también Hugo, aunque sólo para conseguir un poco de tiempo, pues de sobra sabía él a qué se refería.

–Imagínate que Enrique se presenta en el lugar de la cita y aparecen unos tipos... No sé, unos mafiosos, unos atracadores o algo por el estilo. ¿Qué hacemos nosotros entonces?

–Ayudar a Enrique. Para eso venimos.

–Pero imagínate que esos tipos van armados.

–Siempre podremos hacer algo: comenzar a gritar, pedir socorro, buscar a los vigilantes, llamar a la policía...

–Creo que deberíamos haber hecho caso a Enrique cuando nos aconsejó que nos marchásemos y nos divirtiésemos.

–¿No te intriga todo esto? Cuando ayer dije que estaba descubriendo mi vocación de detective, en cierto modo, era verdad. Me encantaría descubrir qué tramaba el anticuario.

Se bajaron del metro en la estación de Batán y, nada más pisar el andén, tuvieron que subirse la cremallera de los anorak hasta la altura de sus barbillas, pues aquella estación estaba a la intemperie, en un espacio abierto y desprotegido. Atravesaron un pequeño vestíbulo, bajaron unas cortas escaleras y, casi sin darse cuenta, se encontraron en medio de una carretera estrecha que se internaba entre la arboleda de la Casa de Campo.

Apenas se cruzaron con gente durante los diez o doce minutos que tardaron en llegar hasta la puerta del zoo: dos hombres jóvenes corriendo que exhalaban nubes de vaho por sus bocas, un grupo de ciclistas envueltos en chubasqueros, una pareja haciendo ejercicios de estiramientos musculares contra el tronco de un árbol, un hombre metido en un coche aparcado en la cuneta que leía tranquilamente el periódico, dos ancianos caminando a buen paso con un bastón en la mano... La zona de aparcamientos situada frente a la entrada del zoo estaba prácticamente vacía. Llegaron a las taquillas y con desolación descubrieron que faltaban aún veinte minutos para la hora de apertura.

–Vamos a seguir andando –dijo Berta–. Si nos quedamos aquí parados, podemos convertirnos en un carámbano.

Salieron de la gran explanada de los aparcamientos y bordearon la valla del zoo por la izquierda, internándose por un camino de tierra que discurría junto a un arroyo. Sin apenas darse cuenta se fueron alejando y, en unos minutos, perdieron de vista cualquier indicio de civilización. Ambos se sintieron engullidos por aquel bosque urbano, auténtico pulmón de una ciudad tan contaminada y sucia como Madrid. Quizá por eso se detuvieron en seco.

–¡Qué silencio! –exclamó Hugo.

–No se ve un alma por aquí –comentó Berta.

–Creo que no debemos alejarnos más.

–Eso mismo estaba pensando yo.

Y no fueron necesarios más razonamientos, ya que Berta dio media vuelta y comenzó a desandar el camino. Y el regreso fue mucho más rápido, como si ambos hubieran intuido algún peligro y quisieran alejarse cuanto antes de él.

Cuando llegaron a la taquilla, vieron que había ya quince o veinte personas congregadas, esperando la apertura, y eso les tranquilizó. Al menos ya no estaban solos; no eran las únicas personas de una ciudad de más de tres millones de habitantes que habían decidido ir al zoo el día veintiocho de diciembre, a primera hora de la mañana, con un tiempo sencillamente infernal.

Sacaron su entrada y penetraron en el recinto. Lo primero que hicieron fue buscar la zona del rinoceronte blanco y, cuando la encontraron, se llevaron una pequeña decepción, ya que los animales no estaban allí, sino, como informaba un cartel, en el interior por el frío. Y ese mismo letrero les dio la pauta de lo que deberían hacer: refugiarse también en alguna de las zonas interiores hasta la hora de la cita.

A las once menos cuarto Enrique Ginestal llegó al zoo en autobús. Llevaba una insignia del Real Madrid en la solapa y el diario *El País* plegado en la mano, pero con la cabecera bien visible. Nada más entrar, preguntó a un vigilante por la ubicación de los rinocerontes blancos y, a paso lento, deteniéndose a veces a contemplar algún animal o a mirar su reloj, llegó hasta el sitio indicado. Buscó los rinocerontes con la mirada, pero no los encontró, aunque unos carteles grandes indicaban que ése y no otro era su habitáculo. Luego miró a su alrededor, pues de repente había tenido la corazonada de que Hugo y Berta estarían allí, del mismo modo que habían ido a la primera cita en el cine Azul; pero no los vio por ningún sitio y eso le tranquilizó.

A las once en punto sintió que alguien le cogía del brazo. Se volvió de inmediato y descubrió a una mujer de unos setenta y cinco años, flaca y algo encorvada; pero con una mirada muy viva y una sonrisa esculpida en un rostro lleno de arrugas.

–¿Qué le parece si damos un paseíto? –le dijo.

Enrique estaba seguro de que aquel encuentro, por extraño que pudiera parecer, era el siguiente eslabón de la misteriosa cadena.

Durante unos minutos caminaron en silencio, mirando aquí y allá, hasta que la anciana se detuvo en un paraje solitario y le comentó:

–La «Operación Hexágono» marcha según el plan. Todo está ya preparado en Atenas, en Roma, en Copenhague, en París y en Londres. Imagino que le gustará saberlo.

Enrique se sintió totalmente desconcertado, pues de repente las cosas parecían enredarse aún más. ¿Qué significaba eso de la «Operación Hexágono»? Le vino a la mente el reloj hexagonal de Luis Naredo, que en cada vértice tenía pintado el nombre de una ciudad, precisamente las que aquella anciana le acababa de enumerar.

El único recurso que le quedaba era tratar de sonsacar alguna información a la anciana. Para ello pensó que lo mejor sería hacerse un poco el tonto o el despistado o ambas cosas a la vez.

–De modo que todo va bien –comentó para romper un silencio prolongado y embarazoso.

–El éxito completo ahora sólo depende de usted –dijo la anciana.

–Pero yo... ¿qué tengo que hacer? –se atrevió a preguntar.

La anciana le soltó el brazo con brusquedad y se le quedó mirando, como si no pudiera creer lo que acababa de oír.

–¿No se lo han dicho aún?

–Sí, claro. Pero es que yo... –Enrique trató de encontrar un argumento– tengo problemas de circulación, de riego sanguíneo y, a veces, se me olvidan algunas cosas.

–¡Cómo es posible que la organización haya confiado el trabajo más arriesgado a este hombre! –exclamó la anciana, con visibles muestras de disgusto.

–Estoy perfectamente capacitado –Enrique trató de mejorar la situación–. Lo que ocurre es que necesito tomar unas pastillas, y esta mañana, con las prisas, se me han olvidado.

–Vamos a ver, amigo... –la anciana adoptó un aire paciente y resignado–. ¿Usted no habrá olvidado que pertenece a una organización europea integrada por ancianos?

–No, claro –disimuló Enrique–. ¿Cómo iba a olvidar eso?

–¿Tampoco habrá olvidado que nuestra organización quiere denunciar en toda Europa las condiciones lamentables de soledad, aislamiento y olvido en las que viven millones de ancianos?

–Tampoco, tampoco –se apresuró a confirmar.

–Abandonados en asilos, olvidados en residencias, depositados en la puerta de los hospitales, recluidos en centros para la tercera edad... Cuando envejecemos, la sociedad nos convierte en trastos inservibles que es necesario arrinconar. Ni siquiera nuestros familiares se apiadan de nosotros.

Enrique oía a la anciana con la boca abierta, y ella, animada por sus propias palabras, hablaba y hablaba, y de paso le proporcionaba toda la información que andaba buscando.

–Pero todo esto cambiará muy pronto. Porque los ancianos somos muchos en la vieja Europa, cada vez más, y por fin hemos sabido unirnos, organizarnos, aunar nuestras fuerzas. Ahora sólo es preciso hacer llegar nuestro grito a todo el continente.

–¿Y cómo lo haremos?

La anciana volvió a mirar a Enrique con incredulidad.

–¡Qué habrá visto la organización en este hombre para elegirlo! –exclamó.

–Así que... yo... ¿soy el elegido?

–¡Y procure no fallar! –la anciana se encaró con él y le señaló con el dedo índice de su huesuda mano derecha–. Porque si fallase, si fallase... ¡Yo misma le retorcería el pescuezo!

–¿Y qué tengo que hacer?

La anciana fulminó a Enrique con una mirada y dio una vuelta a su alrededor, sin dejar de observarlo como quien mira a un extraterrestre que acaba de bajarse de un platillo volante. Y por fin, haciendo un esfuerzo por mostrarse paciente y conciliadora, le preguntó:

–¿Cuál es su profesión?

–Relojero –respondió Enrique–. Toda mi vida he sido relojero, desde los catorce años.

La anciana amplió su sonrisa y respiró con satisfacción, como si hubiera descubierto algo muy importante.

–¡Ahora lo entiendo todo! –exclamó–. ¡Un relojero! ¡Es lo más lógico y natural! La pena es que tenga usted tan mala memoria.

–Es por culpa de la pastilla que he olvidado tomar.

–Se lo recordaré todo, pero haga un esfuerzo para no volver a olvidarlo –la anciana cogió del brazo a Enrique y lo llevó hasta un banco de madera, donde se sentaron.

–No volverá a ocurrir, no se preocupe.

–Nuestra organización ha puesto en marcha una acción conjunta en seis ciudades de Europa para llamar la atención sobre las reivindicaciones de los ancianos. La noche del treinta y uno de diciembre, a las doce en punto, cuando el mundo celebre el paso de un año a otro, llevaremos a cabo nuestra acción.

–Y yo seré... –titubeó Enrique.

–Usted será el encargado de parar el reloj de la Puerta del Sol. La organización le ha proporcionado el material necesario, que ya deberá tener en su casa. ¿También se le ha olvidado que tiene ese material?

–No, eso no; pero…

–¡Usted! –la anciana lo señaló con el dedo–. ¡Usted es nuestro hombre en Madrid! Y recuerde que esa noche se detendrán seis relojes famosos de seis ciudades europeas.

Enrique no se cayó al suelo de la impresión porque estaba sentado en el banco. La anciana se levantó con agilidad y se situó frente al relojero. Lo miró fijamente y en un tono, entre maternal y severo, le dijo:

–Espero que mis palabras le hayan recordado todo.

–Sí…, sí… –el relojero asintió como un autómata.

–Y no deje de tomarse esas malditas pastillas para el riego sanguíneo.

–Descuide.

–Hágase un nudo en la corbata si es necesario –sonrió la anciana–, pero no vuelva a olvidarse.

–Creo que… –Enrique era presa de una gran confusión–. Sí, creo que… debería aclararle ahora una cosa, una cosa muy importante. En realidad, yo…

–Y ahora preste mucha atención –le interrumpió la anciana, y habló resaltando cada una de sus palabras–. Grabe en su cerebro todo lo que voy a decirle: día veintinueve de diciembre, miércoles, justo al mediodía, en la Puerta del Sol, junto a la estatua del oso y el madroño. Para que le reconozca el enlace, usted deberá llevar un ejemplar de la novela *La sonrisa etrusca*. ¿Lo recordará?

–Sí.

La anciana no le permitió decir ni una palabra más, pues se volvió y a paso ligero, impropio de su edad, se alejó deprisa.

Comenzó a chispear.

Enrique no sentía la lluvia, ni el frío, ni nada.

Sólo la presencia frente a él, al cabo de unos minutos, de Hugo y Berta le devolvió poco a poco a la realidad.

–¿Qué demonios hacéis aquí? –les preguntó visiblemente molesto–. ¿Es que no voy a poder librarme de vosotros?

–Esa viejecita no parecía muy peligrosa, pero imagínese que hubieran acudido a la cita dos matones de uno noventa de estatura, armados hasta los dientes y...

–Y vosotros os habríais enfrentado a ellos, ¿no? –Enrique completó con ironía la disertación de Hugo–. ¿Queréis hacerme reír?

–Algo se nos habría ocurrido.

Enrique se pasó las manos por la cara, como si con este gesto quisiera aplastar los pensamientos que comenzaban a cobrar sentido en su cabeza. Luego estiró sus brazos, tendiéndolos hacia los muchachos, en un claro gesto que demandaba ayuda para poder levantarse del banco. Hugo le agarró de un brazo y Berta del otro, luego los dos tiraron hasta que lo pusieron de pie.

–Vámonos de aquí cuanto antes –dijo Enrique, y echó a andar.

–¿Va a contarnos lo que le ha dicho esa anciana?

–¿Habéis oído hablar de la demencia senil? –Enrique respondió con una pregunta–. Pues estoy convencido de que mi amigo Luis Naredo padecía demencia senil, y lo malo es que no es el único. Parece ser que Europa está llena de viejos medio locos.

Y de regreso, Enrique les contó todo lo que la anciana le había explicado.

–¿Y la maleta...? –preguntó Berta al final del relato del relojero.

–La maleta contiene todo lo necesario para detener el reloj de la Puerta del Sol. ¡Qué plan tan endiablado! Hay que insertar el mecanismo en el propio engranaje del reloj y sincronizarlo con el dispositivo electrónico. En el momento fijado de antemano, este dispositivo enviará una orden y el artilugio bloqueará la marcha del reloj.

–Y usted... ¿lo colocará en el reloj? –preguntó también Hugo.

–¡No digas disparates! ¡Cómo voy a prestarme a semejante barbaridad!

–Pero... ¿acudirá a la cita de mañana?

–Debería acudir directamente a la policía, pero esperaré un poco. Personalmente voy a desenmascarar a toda esa organización de lunáticos. Tengo la sensación de que mañana llegaré a uno de los últimos eslabones, el lugar del encuentro está justo enfrente del reloj. Creo que la cita de mañana puede ser clave para que el rompecabezas se complete.

–Estaremos allí –dijo Hugo, revistiendo a sus palabras de un tono de seguridad y determinación.

–Me parece que no podré librarme de vosotros. Os vais a convertir en mi sombra.

–Tal vez en algún momento necesite ayuda.

–Las personas de contacto no son precisamente matones de uno noventa de estatura, armados hasta los dientes... –se burló Enrique–. No es que esté en buena forma, pero creo que podría plantarles cara si llegara la ocasión.

–De todas formas, iremos. Nos estamos convirtiendo en detectives de verdad.

–Sólo os pediré dos favores –añadió Enrique–. El primero, que no digáis a nadie nada de esto; y el segundo, que durante la cita permanezcáis tan bien escondidos como hasta ahora.

29 de diciembre

HUGO soñó con el zoo, con los rinocerontes blancos, con Enrique hablando con la anciana, con la maleta… Y sobre todas estas visiones aparecía siempre una gigantesca boca que se reía a carcajadas y que de forma reiterada pronunciaba una palabra: «inocente, inocente, inocente…».

Se despertó muy temprano, algo sobresaltado, y con una idea fija rondándole la cabeza. El día anterior había sido veintiocho de diciembre; ese día a mucha gente le gusta gastar bromas, algunas pesadas y de mal gusto; por tanto, todo podía haber sido producto de una inocentada. Pero al primer razonamiento siguieron otros, más realistas y demoledores: la historia del reloj y de la maleta había comenzado antes, al menos varios días antes, y parecía prolongarse en el tiempo. No; algo le decía que, a pesar de su sueño, aquella historia no era una simple inocentada. ¿Sería verdad, por consiguiente, que todos los viejos de Europa se habían vuelto locos, como afirmaba Enrique?

Mientras se duchaba, Hugo pensaba en estas cosas y no dejaba de sorprenderse. ¡Los ancianos de Europa unidos para protestar por su marginación social! Pero, por sorprendente que pudiera parecer, él se sentía de algún modo identificado con ellos, porque había llegado a la conclusión de que a los jóvenes les pasaba algo parecido: la sociedad también los rechazaba. Vivían en un mundo en el que ni los más jóvenes ni los más ancianos contaban para nada. A unos, la sociedad les cerraba el paso y nos les dejaba entrar; a otros, sin embargo, les echaba a empujones, sin contemplaciones.

Mientras desayunaba, se preguntó por qué Enrique había reaccionado de aquella forma, cuando él mismo también estaba empezando a ser un anciano molesto con el que no se sabe qué hacer. No había más que ver la cara de amargura que se le había puesto después de hablar con sus hijos y saber que ninguno de ellos le iba a hacer compañía durante la Navidad; no había más que sentirle hablar solo, dirigiéndose a su esposa muerta, que se le aparecía en cualquier parte, como un espectro o como una simple ensoñación. Entonces... ¿por qué se había indignado tanto al conocer el plan de esa organización europea de ancianos? ¿Es que acaso él aún no se sentía uno de ellos?

Luego, Hugo pensó que los jóvenes deberían hacer algo parecido: crear una organización que no fuera para seguir a un equipo de fútbol, para vitorear a un cantante de rock o para beber hasta el delirio la noche de los viernes y de los sábados.

–Los viejos al menos están mejor organizados que nosotros –dijo en voz alta sin darse cuenta.

–¿Qué? –le preguntó su madre–. ¿A qué te refieres?

Entonces cayó en la cuenta de que no estaba solo en la cocina. Su madre había empezado a desayunar de pie, junto a la encimera, y su padre trataba de mejorar el nudo de su corbata.

–No, nada. Es... la letra de una canción –disimuló. Y luego, para desviar la atención, se dirigió a su padre–. ¿Hoy tienes entrevista de trabajo?

–Sí –respondió el padre–. ¿Crees que si no, iba a ponerme esta maldita corbata?

–Así tienes pinta de ejecutivo.

–Pues espero que se fijen en mi aspecto y me contraten. Y tu trabajo en la relojería, ¿qué tal?

–Bien.

–Tu madre dice que ese trabajo será como un sarampión; que cuando lo pases, querrás volver al instituto y a los estudios, y que lo harás con más ganas que nunca. Yo, sin embargo, creo que no. ¿Puedes sacarnos de dudas?

Hugo se encogió de hombros.

–¿Sabes que podemos obligarte a volver al instituto? –le preguntó su madre, visiblemente molesta–. Aunque ahora te sentase mal, dentro de unos años nos agradecerías haberlo hecho.

–¿Vais a obligarme?

–No –terció el padre–. No vamos a hacerlo, aunque nos gustaría que no colgases los estudios tan pronto. Tu madre tiene razón, te arrepentirías.

La madre apuró el café con leche que le quedaba en la taza y, de mal humor, la dejó en uno de los senos del fregadero, junto a otros cacharros sucios. Luego se encaró con su hijo. Estaba furiosa, aunque trataba de contenerse.

–¡No creas que yo estoy tan segura de lo que ha dicho tu padre!

–¿Qué quieres decir?

–Que no descartes la posibilidad de que, llegado el momento, te obligue a volver al instituto. ¿Me has entendido?

–No se puede forzar a las personas a hacer algo en contra de su voluntad.

–¡Por muy mayor que te creas, eres sólo un mocoso! ¡Y prefiero no seguir hablando! Hablar de este tema me saca de quicio y me altera los nervios. ¡Y no me gustaría que me los alterara! ¡Me voy a trabajar de una vez o llegaré tarde!

La madre abandonó la cocina. Luego la oyeron por el pasillo, moviéndose de un lado a otro, como si estuviera buscando alguna cosa, y por último escucharon un portazo.

Hugo y su padre se miraron un rato en silencio. El padre seguía enzarzado con el nudo de la corbata.

–Por cierto, ayer por la mañana me acerqué hasta la relojería –le dijo a Hugo–. Quería conocer personalmente a ese relojero, hablar con él de tu trabajo. Ten en cuenta que, te guste o no, aún eres menor de edad. Pero estaba cerrada.

–Sí... ya lo sé... –Hugo buscaba una explicación urgente y, al mismo tiempo, convincente–. Es que... ayer por la mañana tuvimos que entregar un montón de relojes ya reparados.

–¿Lleváis los relojes a domicilio?

–Los pequeños no. Eran relojes grandes, de pared, la mayoría con péndulo. Son maquinarias delicadas y mi jefe prefiere entregarlos personalmente.

–¡Ah!

–Hoy posiblemente entregaremos alguno más, pero puedes ir a hablar con Enrique cuando quieras. Él también me ha dicho que le gustaría conocerte.

Hugo pensó que no había salido mal parado y que la explicación había resultado muy verosímil. Al menos, estaba convencido de que su padre se la había creído al pie de la letra; no obstante, prefirió evitar seguir hablando del tema y por eso se dispuso a salir también de la cocina con intención de marcharse.

–El nudo de la corbata está perfecto –le dijo a su padre–. Espero que la entrevista te salga de maravilla.

–Más vale. Después de cinco meses en paro, si te digo la verdad, estoy desesperado. Yo no soy de esos que pueden pasarse el día de brazos cruzados, observando el vuelo de una mosca. Si no encuentro trabajo pronto, creo que me volveré loco. No sé si no habré perdido ya un poco el juicio. Pensaba que esto nunca me iba a suceder a mí, pero me equivoqué. Y cada vez que tengo que ir a la oficina de desempleo, te aseguro que se me hace un nudo en el estómago, esperando en esa fila interminable a que me llegue el turno para certificar que todo sigue como estaba el mes anterior.

Hugo se detuvo junto a la puerta y miró a su padre a los ojos. Por primera vez en su vida descubrió que, además de ser su padre, era un ser humano, lleno de problemas, de temores, de dudas..., como la mayoría de las personas. Nunca hubiera negado que su padre tenía sentimientos, como cualquier otra persona; pero le parecía que acababa de descubrirlo en aquel preciso instante.

–Ánimo, papá –le dijo–. Nosotros te apoyaremos siempre.

Y mientras bajaba en el ascensor hacia la calle pensaba que había hablado por primera vez con su padre como un adulto, sobre todo porque su padre le había tratado como a un adulto, abriéndole su corazón y confiándole su amargura.

Hugo se encaminó hacia la relojería. Enrique le había dicho que iba a abrir el taller, pues de lo contrario perdería todos los clientes y tendría que cerrar el negocio por quiebra económica.

Estarían, por tanto, un buen rato en el taller, hasta poco antes de mediodía. Entonces, aunque por separado, se irían a la Puerta del Sol. Enrique por un lado y Hugo y Berta por otro. Ése era el plan que habían diseñado el día anterior.

Cuando Hugo llegó al taller, se encontró a Enrique dando vueltas de un lado a otro, visiblemente nervioso y hablando solo. Se detuvo junto a la puerta entreabierta y se quedó mirándolo.

–No te quedes ahí como un pasmarote –le dijo el relojero–. Pasa de una vez y cierra la puerta, que entra mucho frío.

Hugo pensó que, aunque el día acababa de comenzar, todo el mundo estaba muy alterado.

–Buenos días –le saludó.

–¡Llevo horas dándole vueltas y vueltas a mi cabeza! –Enrique, además de dar vueltas a su cabeza, no dejaba de dar vueltas a la habitación, como si una cosa le llevase a la otra.

–¿Está… preocupado?

–No he podido pegar ojo en toda la noche pensando en mi amigo Luis y en esa locura en la que andaba metido. No puedo entender nada. Tengo la sensación de que todo el mundo a mi alrededor ha perdido el juicio.

–¿Yo también?

–¡Por supuesto! –exclamó Enrique muy alterado–. Si no hubieras perdido el juicio, no estarías aquí en estos momentos.

–Entonces… ¿ha pensado volverse atrás?

–¡Voy a seguir! ¡Voy a acudir a la cita de la Puerta del Sol! ¡Voy a llegar hasta el fondo de este asunto! Pero no creas que voy a colocar ese endiablado mecanismo. Lo que haré será desenmascarar a esa panda de viejos majaderos y ridículos.

Hugo sabía que en determinadas ocasiones era mejor no hablar demasiado; especialmente si se dirigía a alguien que estaba sensible o irritable, cuando no las dos cosas a la vez. Y en ese momento Enrique lo estaba. Se quitó el anorak y se sentó en su sitio. Sin perder un segundo, comenzó con el trabajo que tenía pendiente.

Y Enrique, quizá movido por la reacción del muchacho, dejó de dar vueltas a la habitación como un poseso. Se detuvo un instante en el centro y después de mirar a un lado y a otro, como si estuviera buscando algo, se puso también a trabajar.

Sin cruzar una palabra, sin dirigirse siquiera una fugaz mirada, estuvieron trabajando hasta poco después de las once, como si en ello les fuera la vida.

Sólo cuando oyeron que alguien estaba abriendo la puerta de la calle, alzaron la cabeza a la vez. Luego, como si estuvieran sincronizados, miraron sus respectivos relojes de pulsera y se pusieron de pie. Era Berta. Su presencia significaba que había llegado la hora de salir si no querían llegar tarde a la cita de la Puerta del Sol.

Hugo y Berta se marcharon un poco antes para no coincidir con Enrique; de este modo, nadie podría verlos juntos. Decidieron ir en metro para evitar complicaciones con el tráfico y, nada más salir al exterior por uno de los accesos de la plaza, se quedaron sorprendidos de la multitud que la recorría en uno y otro sentido. La proximidad de unos grandes almacenes y de innumerables tiendas provocaba todos los años una avalancha de gente que acudía a comprar.

Hugo contempló un instante la estatua del oso y el madroño, casi engullida por la multitud, y luego volvió la cabeza en dirección al famoso reloj de la Puerta del Sol, el de las doce campanadas de Nochevieja. No pudo evitar entonces una especie de alucinación que le hizo ver, delante de la esfera blanca, a Enrique que, con sus propias manos, impedía el movimiento de las manillas.

–¿Crees que lo hará? –le preguntó entonces Berta.

–A mí me gustaría.

–¿A ti te gustaría? –a Berta le habían sorprendido las palabras de Hugo.

–Si me dejase, yo colocaría ese mecanismo.

–Pero… ¿te has vuelto loco?

–Es lo menos que pueden hacer ellos y lo menos que deberíamos hacer nosotros.

–No te entiendo.

–Esta sociedad no nos quiere, Berta, ni a ellos ni a nosotros. Sí, se llenan la boca diciendo esto y aquello: que si los viejos por aquí, que si los jóvenes por allá… Pero la realidad es que los jóvenes sólo existimos para esta sociedad cuando se habla de drogas, de bandas callejeras, de comas etílicos, de fracaso escolar… ¡Y los viejos no salen mejor parados! Los jóvenes, al menos, causamos un poco de miedo; pero los viejos ni siquiera eso. ¡Mierda! Ya lo creo que me gustaría parar ese reloj en Nochevieja.

–Tiene que haber otra solución.

–En nuestro caso, crecer y hacernos adultos –respondió Hugo con ironía–. Pero a ellos… ¿les dejan otro camino? No sé a qué viejos alucinados se les habrá ocurrido la idea, pero a quien haya sido yo le haría un monumento.

Berta negó con la cabeza, como dando a entender que no estaba dispuesta a continuar con aquella conversación. Luego cogió a Hugo de la mano y tiró de él.

Se alejaron de la estatua y examinaron el lugar, buscando el sitio más apropiado para vigilar a Enrique en el momento de su misteriosa cita. Se toparon con un serio inconveniente: el gentío que se agolpaba en la plaza. No podrían permanecer muy lejos si no querían perder de vista al relojero. Y si se quedaban demasiado cerca, tal vez llamaran la atención.

Entonces Hugo señaló una de las fuentes de la plaza, la más próxima al monumento. En ese momento los surtidores estaban cerrados y, por tanto, si se sentaban en el borde de piedra, no corrían riesgo de mojarse, a no ser que se cayeran a la pileta. Ya había algunas personas sentadas allí.

–Vamos.

–Pero estamos demasiado cerca.

–Se me ha ocurrido una idea.

Se sentaron sobre el borde de piedra y al momento Hugo pasó uno de sus brazos sobre los hombros de Berta, atrayéndola contra su cuerpo. Luego comenzó a besarla.

–¡Qué haces! –protestó ella.

–¿No lo entiendes todavía? –sonrió Hugo con picardía–. Así pasaremos inadvertidos. Nadie pensará que lo que hacemos en realidad es vigilar a un relojero.

Y volvió a besarla.

A las doce menos cinco, Enrique descendió de un taxi. Se le veía algo apurado, como si algún atasco de tráfico, frecuente en esas fechas, hubiera estado a punto de dar al traste con su cita. Pasó junto a Hugo y Berta sin verlos y entró a toda prisa en la librería de unos grandes almacenes, cuya fachada daba a la misma plaza. Sin perder un instante, buscó a una dependienta.

–Por favor, quiero un libro que se titula *La sonrisa etrusca.*

La dependienta lo acompañó hasta un expositor y allí, como si fuera un gesto que hiciese a diario, tendió su brazo hacia el lugar exacto donde se encontraba el libro.

–Aquí lo tiene.

Pagó en la caja y no quiso que se lo envolvieran. Con él en la mano, procurando en todo momento que se viera bien el título, salió a la calle y se colocó junto a la estatua del oso y el madroño. Eran las doce en punto.

–Buenos días.

Enrique Ginestal se volvió de inmediato al oír aquella voz a su espalda y, al descubrir a una mujer más o menos de su edad que lo miraba fijamente, se quedó un instante paralizado, sin saber cómo reaccionar. Desde luego, aquella mujer tenía un aspecto magnífico, a pesar de los años; era alta y muy delgada, con un rostro que transmitía serenidad y dulzura a partes iguales. Unos ojos grandes y negros, muy profundos y ligeramente rasgados, lo miraban como esperando algo, al tiempo que su boca, que al relojero le pareció perfecta, no dejaba de sonreírle.

–¿Usted es...? –Enrique no pudo completar la pregunta.

–Soy el nuevo enlace de la organización –le respondió ella–. Yo seré la encargada de llevarle hasta el reloj pasado mañana, día treinta y uno.

–¿Pasado mañana...? –Enrique se sentía muy confuso–. ¿Entonces hoy..?

–Hoy sólo debemos conocernos y asegurarnos de que todo está saliendo conforme a lo planeado.

–Conocernos... –repitió Enrique, sin apartar la mirada de aquella mujer, que casi le parecía irreal, como una aparición extraordinaria.

–Demos un paseo por la plaza.

La mujer le cogió por el brazo y echó a andar. Enrique la siguió como un perrillo obediente. Hacía tiempo que no caminaba acompañado por una mujer como aquélla, que además le había cogido del brazo con la mayor naturalidad. Y esta circunstancia le hacía sentirse nervioso, como un colegial que pasea por primera vez con una chica.

Pasaron junto a la fuente y Enrique a punto estuvo de tropezar con las piernas de dos jóvenes que estaban sentados sobre el pretil de piedra. Se quedó un instante mirándolos y no pudo evitar dar un respingo al comprobar que se trataba de Hugo y Berta. Permanecían abrazados y se besaban con tanta pasión que parecía que de un momento a otro se iban a caer a la pileta llena de agua. La mujer los miró también y sonrió.

–¡Son jóvenes! –suspiró.

Enrique no ganaba para emociones. Primero, la cita; después, aquella mujer que le parecía fascinante, y, por último, casi tropieza con Hugo y Berta. Pero... ¿qué hacían esos dos besándose en medio de aquel barullo? ¿Así es como iban a vigilar?

–Me llamo Enrique –le dijo a la mujer, tratando de desviar su atención de los jóvenes y reanudando la marcha.

–Yo me llamo Mercedes.

–Soy relojero.

–¡Ah! Ya veo que la organización sabe a quién elige –la mujer amplió su sonrisa con un gesto de satisfacción.

En ese momento, Enrique pensó en aquella extravagante organización de viejos enloquecidos en la que sin querer se había visto metido. Sí, había llegado el momento de aclarar las cosas y de poner los puntos sobre las íes. Había salido de casa con la firme determinación de acabar con aquel disparate y nada le había hecho cambiar de opinión.

Se aclaró la garganta un par de veces, sin duda para que su voz adquiriera mayor contundencia, y dijo:

–Soy viudo y tengo dos hijos, una chica y un chico. Y tengo además tres nietos.

–Yo también soy viuda y tengo una hija –le dijo Mercedes–. No tengo nietos, pero espero tenerlos algún día.

Enrique no podía entender lo que le había ocurrido. Él quería pronunciar unas palabras y, sin embargo, su boca había articulado otras diferentes. Quizá se había dejado seducir por los encantos de aquella mujer, que cada segundo que pasaba le parecía más y más atractiva. Pero ni la mujer más hermosa del mundo iba a hacerle cambiar de opinión. Tenía que desenmascarar a aquella organización antes de que fuera demasiado tarde. Por eso, cobró nuevos ímpetus, volvió a aclararse la garganta y dijo:

–Hace una mañana estupenda.

–Sí –respondió Mercedes, afirmando al mismo tiempo con su cabeza.

¿Por qué había dicho aquello? No sólo no había expresado lo que deseaba, sino que además hacía un día sencillamente infernal: frío y muy desapacible.

Dieron una vuelta completa a la Puerta del Sol y cuando llegaron de nuevo a la estatua del oso y el madroño, Enrique volvió la cabeza y, en un gesto intuitivo, miró hacia el edificio del reloj, una construcción del siglo XVIII, erigida en tiempos del rey Carlos III.

–Todo saldrá bien, no se preocupe –le dijo entonces Mercedes–. Y ahora recuerde bien lo que voy a decirle: pasado mañana, día treinta y uno, a las doce del mediodía nos veremos en este mismo sitio. No se olvide de la maleta.

Mercedes se puso de puntillas y se inclinó ligeramente hacia Enrique. Le besó en ambas mejillas y luego, sin darle tiempo a reaccionar, se dio media vuelta y a toda prisa se dirigió hacia la cercana parada del autobús. Enrique la vio alejarse y le pareció que a través del cristal de la ventanilla ella le sonreía y le decía adiós con la mano. La misma mano que se había aferrado minutos antes a su brazo, los mismos labios que le habían besado en la mejilla.

Hacía ya unos minutos que el autobús había abandonado la plaza y Enrique seguía embelesado mirando y remirando a ninguna parte, como si esperase que algo maravilloso fuera a suceder ante sus ojos.

–¡Eh! ¡Eh! –Hugo pasó las manos por delante de su cara.

–¡Qué haces! –gruñó Enrique.

–No sabía si estaba usted despierto o si dormía.

–Pero... ¡qué bobadas dices! –pareció molestarse Enrique.

–Hemos vigilado todo el tiempo y no hemos visto nada raro ni a ninguna persona que pareciera sospechosa.

Enrique miró a Hugo y Berta y movió su cabeza de un lado a otro.

–¿Vigilar? ¿Así que a eso lo llamáis ahora vigilar?

–No vaya a pensar que...

Hugo trató de explicar la estrategia que habían seguido, pero Enrique no le dejó, pues antes de que hubiera pronunciado dos palabras había comenzado a caminar con decisión.

–¡Menudos vigilantes estáis hechos!

–¡Puedo explicárselo! ¡Espere un momento, no vaya tan deprisa! Le aseguro que hemos vigilado todos sus movimientos y también los de esa vieja.

Enrique se detuvo en seco, se volvió y se encaró a Hugo.

–¿Cómo has dicho?

–Esa... –Hugo comprendió enseguida que a Enrique le habían molestado las últimas palabras que había pronunciado, por eso trató de rectificar–. Esa... señora.

Satisfecho con la rectificación, Enrique continuó la marcha, seguido de los dos jóvenes, que parecían haberse convertido en su sombra. Caminaba con arrojo, muy erguido, y tenía la sensación de que sus piernas habían recobrado una agilidad que ya creía definitivamente perdida. Mentalmente se repetía una y otra vez las mismas palabras, como las campanadas de un reloj que nunca termina de dar la hora: «Esa señora, esa señora, esa señora, esa señora, esa señora...»

Cuando al cabo de un buen rato pasaba por delante del bar de Marcelino, camino de su taller, sin despegarse de los dos muchachos, que le seguían a dos metros de distancia, cayó en la cuenta de que todo seguía igual o, mejor dicho, peor que antes de la cita, mucho peor. Entonces sintió que la frente se le llenaba de gotitas de sudor frío. Entró en el bar.

–Ponme un café –le dijo a Marcelino–. O mejor, una infusión de manzanilla. O pensándolo mejor... me tomaré una tila. ¡Ah!, y que Romeo y Julieta se tomen lo que quieran.

Y miró de reojo a los muchachos.

30 de diciembre

TRABAJABAN en silencio, sin mirarse, afanado cada uno en su propio cometido. Apenas se habían cruzado unas palabras llenas de rutina por la mañana y, luego, como si cada uno supiera de antemano lo que tenía que hacer, se habían sentado en sus respectivos sitios. Y allí permanecían, como dos estatuas obstinadas y perseverantes; ensimismados, concentrados, más que en su trabajo, en sus propios pensamientos, que comenzaban a hacerse obsesivos.

Enrique no podía apartar de su mente a Mercedes, la mujer misteriosa que había conocido el día anterior y que debía conducirle al día siguiente, Nochevieja, hasta las instalaciones del reloj de la Puerta del Sol.

Como un semáforo intermitente, el recuerdo de Mercedes interrumpía constantemente sus pensamientos; ella se le aparecía una y otra vez, con sus ojos grandes y ligeramente rasgados y sus labios sonrientes, con esa dulce y elegante sobriedad que emanaba de todo su rostro.

Pensó entonces que no tenía ninguna posibilidad de encontrar a esa mujer, a no ser que acudiese a la cita del día siguiente. No sabía dónde vivía ni siquiera cuál era su número de teléfono. Habían hablado de cosas intrascendentes y, sin embargo, se había olvidado de algo tan elemental como saber dónde podía localizarla. Pero... ¿localizarla para qué? ¿Acaso pensaba invitarla un día a cenar? En ese caso debería tener en cuenta que ella pertenecía a la organización de ancianos europeos trastornados y furibundos. Podía ser peligrosa, muy peligrosa; de hecho, ya lo era. ¿Cómo, si no, se había prestado a colaborar en una acción delictiva?

En ese instante, Enrique Ginestal recordó algunos relojes famosos de Europa que podían correr la misma suerte que el de Madrid: el *Big Ben* de Londres, el reloj astronómico *Jens Olsens* de Copenhague, y otros relojes no menos importantes de Atenas, Roma y París. Una vez más rondó por su mente la posibilidad de ponerse en contacto con la policía y explicarles todo lo que le había sucedido, con la esperanza de que no lo tomasen por loco. Pero ¿merecía la pena? ¿Acaso aquella organización no era más que un disparate sin ninguna posibilidad de éxito, ni en Madrid, ni en ninguna otra ciudad?

Hugo estaba limpiando la maquinaria de un reloj de péndulo que había que reparar. El dueño lo había llevado unos días antes y le había explicado a Enrique que había dejado de funcionar de repente; se había parado y, aunque tenía cuerda, se negaba a seguir andando. El relojero le había encomendado al aprendiz la limpieza exhaustiva de todas las piezas, para una vez limpio localizar la avería y arreglarlo.

Hacía un rato que Hugo había terminado de limpiarlo, pero había descubierto un detalle que le había llamado la atención: una pequeña rueda dentada estaba agrietada y una varilla se había atascado en ella.

En un primer momento pensó contárselo a Enrique, pero luego decidió intentar sustituir aquella pieza personalmente, sin decir nada. La rueda dentada era de unas características muy normales y Hugo sabía dónde se guardaban piezas como aquélla. Sólo tendría que desatornillarla con mucho cuidado y sustituirla por una nueva del mismo tamaño. Y en eso estaba. Aunque de vez en cuando le ganaba la incertidumbre y se planteaba si la causa de la avería sería precisamente aquella piececita y no otra, continuaba adelante.

A pesar de tener puestos los cinco sentidos en la empresa, no podía evitar que su mente hiciera una y mil cábalas en torno a la decisión que tomaría Enrique. Sí, le había asegurado que no colocaría ese mecanismo en el reloj de la Puerta del Sol y que estaba dispuesto a desenmascarar a toda la organización si era preciso; pero algo le hacía concebir esperanzas. Al fin y al cabo, él mismo se había ido convenciendo poco a poco de que aquella acción era necesaria. Y lo que más lamentaba era que no existiera también una organización similar de jóvenes europeos para poder aunar las fuerzas y plantar cara a una sociedad hipócrita e injusta, que mantenía obstinadamente las puertas cerradas a los unos y a los otros.

Cuando hubo retirado la rueda dentada rota, colocó la nueva ayudándose de unas pinzas y, con un diminuto destornillador, la fue fijando en su sitio. En cuanto la pieza estuvo colocada, el reloj, como por arte de magia, comenzó a andar.

Enrique alzó la cabeza y miró a Hugo. El tictac del reloj le había sorprendido. El muchacho se encogió de hombros, un poco cortado, pues sabía que había desobedecido a su jefe, que sólo le había encargado limpiar aquel mecanismo.

El relojero, como si no creyese lo que estaba viendo, se levantó de su silla y se acercó a la mesa de Hugo. Éste le enseñó la rueda dentada que había quitado.

–Pensé que no funcionaba porque esta ruedecillla estaba rota. Le puse una nueva y…

Enrique acercó su cabeza al reloj y lo miró detenidamente. Luego se incorporó y se quedó mirando a Hugo.

–Dale toda la cuerda y ponlo en hora. Observa si atrasa o adelanta.

–¿Entonces…? –Hugo seguía sin saber si lo había hecho bien o mal.

Enrique caminó hasta la puerta de la calle y durante unos segundos miró hacia el exterior. Luego se volvió y señaló la puerta, siempre cerrada, de la habitación donde guardaba su colección de relojes.

–El otro día, cuando estuvo aquí mi nieto, le enseñé mi colección de relojes.

–Sí –respondió Hugo, que no se había olvidado de aquella habitación repleta de relojes, desde el suelo hasta el techo.

–Recuerdo que cuando mi hija y mi nieto se marcharon te pregunté una cosa. ¿Lo recuerdas?

–Me preguntó que si me gustaría poner en marcha todos esos relojes para que sonaran al mismo tiempo.

–¿Y de verdad te gustaría?

–Sí –respondió Hugo con seguridad.

–Pues muy pronto lo haremos –y las palabras de Enrique no ofrecían ninguna duda–. Y ahora nos tomaremos un descanso. Te lo has ganado, muchacho. Ni yo mismo hubiera arreglado mejor ese reloj. ¿Qué te parece si nos tomamos algo en el bar de Marcelino?

–Me parece bien.

Cerraron el taller y se marcharon al bar. Antes dejaron un cartel colgado de la puerta:

VUELVO ENSEGUIDA
ESTOY TOMANDO CAFÉ

Marcelino los recibió con la amabilidad que le caracterizaba.

–Mis vecinos los relojeros han decidido hacer un alto en el camino para reponer fuerzas –les dijo a modo de bienvenida–. ¿Qué queréis tomar?

–Un café solo –respondió Enrique.

–Y yo también –añadió Hugo, aunque al momento rectificó–. O mejor, con leche y dos azucarillos.

Pero antes de que Marcelino hubiera llegado a la altura de la cafetera, Hugo volvió a cambiar de opinión:

–Lo he pensado mejor. Creo que me tomaré un vaso de leche con cacao.

Marcelino les sirvió y, después de preguntarles si querían algo de comer, se retiró hacia un extremo del mostrador, para reanudar un debate futbolístico con unos clientes.

Hugo disolvió el cacao en la leche y dio un sorbo. Como se temía, estaba demasiado caliente. Entonces, volvió la cabeza hacia Enrique y lo observó durante un instante. El relojero removía con una cucharilla su café, sin apartar la vista de la taza, como si en su interior se encontrara la respuesta a algo que andaba buscando.

–¿Lo hará? –le preguntó de pronto Hugo.

Enrique detuvo su mano y volvió ligeramente la cabeza, hasta descubrir el rostro expectante del muchacho.

–No –respondió con seguridad–. ¿Qué te hace pensar que he cambiado de opinión?

–No sé. Como usted no hace más que darle vueltas al asunto, creí que... bueno, a lo mejor ahora lo veía de otra manera.

–¿Crees que no hago más que darle vueltas al asunto?

–Eso... salta a la vista.

Enrique pensó que no tenía sentido negar lo que era evidente. Hasta un muchacho como Hugo podía darse cuenta de que estaba obsesionado con aquella historia que, aunque lo intentara, no podía apartar ni un momento de su pensamiento.

–No lo haré –repitió.

–¿Y acudirá mañana a la cita? –preguntó también Hugo.

–No.

–Pero... ¿va a denunciar a los ancianos a la policía?

–No merece la pena. He comprendido que su acción no pasa de ser un delirio, un delirio senil, sin pies ni cabeza.

Cuando abandonaron el bar, Marcelino seguía enfrascado en la discusión futbolística con sus parroquianos; de los fichajes habían pasado a los entrenadores, de los entrenadores a los árbitros, de los árbitros a los presidentes de los clubes... El cuento de nunca acabar.

Mientras regresaban al taller, Hugo pensaba en una pregunta que no se había atrevido a hacer al relojero. Había estado a punto de hacerla dos o tres veces, pero siempre había dado marcha atrás a última hora. Sin embargo, el pequeño paseo de vuelta le hizo recobrar nuevos ánimos y, justo cuando Enrique metía la llave en la cerradura de la puerta, preguntó lo que tanto había estado pensando:

–¿Y la mujer?

–¿Qué mujer?

–La de la cita de mañana.

–¿Qué pasa con ella?

–Pensé que le apetecería volver a verla.

Claro que le gustaría. Era el asunto al que más vueltas estaba dando, pero ¿cómo podía saberlo Hugo? ¿Era capaz de leer sus pensamientos?

–¿Qué te ha hecho pensar eso? –le preguntó.

–Se le nota.

–¿Cómo? –la sorpresa de Enrique iba en aumento–. Oye, pequeño detective, no te pases de listo. ¿Qué es lo que se me nota?

–No sé explicarlo, pero cuando Berta y yo los vimos dar la vuelta a la plaza cogidos del brazo pensamos que formaban una pareja estupenda. Además, recuerdo que, sin darme cuenta, llamé vieja a esa mujer y usted se puso hecho una furia.

Enrique negó con la cabeza un par de veces y sonrió. Luego terminó de abrir la puerta del taller y pasaron al interior. Las palabras de Hugo, en el fondo, le habían hecho mucha gracia.

–No soy un jovencito, como tú, y no voy por ahí cayendo rendido a los pies de mujeres que acabo de conocer. Pero... ¿qué pensabas? Además, te recuerdo que en aquellos momentos Berta y tú estabais muy acaramelados, sentados en el borde de aquella fuente. Estuve a punto de pisaros.

–No era lo que parecía.

–¿Ah, no?

–Lo hicimos para ocultar nuestro rostro y pasar inadvertidos.

–No sé si ésa es la mejor manera de lograrlo.

–Le aseguro que estuvimos vigilando todo el tiempo.

–¿Y descubristeis algo raro?

–Nada. Pensamos que esa mujer…

–Se llama Mercedes –le interrumpió Enrique.

–Pues pensamos que Mercedes acudió sola a la cita. Nadie la siguió ni estuvo vigilando sus movimientos, al menos desde la plaza. Ella y usted, cogidos del brazo, como ya le he dicho, hacían una pareja perfecta.

–Deja de decir sandeces –Enrique hizo un gesto con su mano, como dando a entender que no deseaba seguir hablando de ese tema–. No iré a la cita y, por consiguiente, no volveré a ver a Mercedes, pues, aunque quisiera, no podría localizarla. Tengo otros planes. Tal vez vengan mis hijos a casa y cenemos todos juntos, o tal vez vaya yo a casa de alguno. Te aseguro que me tomaré las doce uvas frente al televisor, con las campanadas del reloj de la Puerta del Sol. Y lo mismo podrás hacer tú.

–Yo no lo haré frente al televisor.

–¿Y eso?

–Vamos a quedar una panda de amigos en la Puerta del Sol. A lo mejor hasta nos ve por la tele. A mis padres no ha sido difícil convencerlos. Le ha costado más trabajo a Berta. Es la primera vez que salimos en Nochevieja. Habíamos pensado ir a la Puerta del Sol y luego a una fiesta que organizan unos conocidos del barrio. No me quería perder el momento en que el reloj se detuviera. ¡Menuda pasada! ¿Se lo imagina? Se lo podría contar algún día a mis nietos.

–¿De verdad has llegado a pensar que yo sería capaz de hacer eso?

–Motivos no le faltan.

–¡Y tú qué sabes! –se molestó Enrique.

–A las personas mayores y a los jóvenes, la sociedad nos trata injustamente.

–Si estás convencido de lo que dices, procura cambiarla.

–¿Se puede cambiar?

–Entre todos podemos hacerlo.

–Pero a veces hay que dar un puñetazo en las narices a la sociedad para que reaccione.

Enrique se dio cuenta de que empezaba a sentirse abrumado por los razonamientos de su joven aprendiz; por eso, procuró zanjar cuanto antes aquel diálogo. Después de comprobar que el reloj que había reparado el muchacho minutos antes seguía funcionando, lo retiró y colocó otro parecido sobre la mesa.

–Si seguimos hablando, se nos pasará toda la mañana sin haber hecho lo que debíamos hacer.

Por la tarde, Enrique parecía más inquieto, como si estuviera esperando algo que no acababa de llegar. Hugo observó cómo se levantaba de su silla en varios momentos y caminaba de un lado a otro del taller; a veces se detenía junto a la puerta de la calle y miraba durante un rato al exterior; en otras ocasiones concentraba su mirada en un reloj cualquiera, en la lámpara amarillenta que colgaba del techo, en el calendario agonizante... Cuatro veces se dirigió hasta el teléfono y estuvo a punto de descolgarlo, pero siempre se detuvo a última hora. Sin embargo, llegó un momento que no pudo contenerse. Descolgó el auricular y marcó el número de su hijo.

–Roberto, soy yo –le dijo.

–Hola, papá –le saludó su hijo–. Iba a llamarte ahora mismo.

–Ya ves, los padres siempre tenemos telepatía con los hijos.

–Como no pudimos estar juntos en Navidad, habíamos pensado que podíamos reunirnos en Nochevieja.

–Yo había pensado lo mismo. Iba a llamar también a tu hermana. Venís todos a casa y…

–Pero nos va a resultar imposible –le cortó Roberto.

–¿Imposible?

–¿Te acuerdas de Pierre y Marie Claude, los franceses que conocimos hace dos años?

–No.

–Pues han venido a pasar unos días a España. Además, se han traído a sus hijos. Hemos quedado mañana con ellos. Cenaremos juntos. Lo entiendes, ¿verdad, papá?

–Claro, claro que lo entiendo –Enrique tuvo que hacer un esfuerzo para continuar hablando.

–Quedamos otro día, cuando pasen las fiestas.

–Sí, cuando pasen las fiestas.

Aunque fingía seguir trabajando, ajeno a todo lo demás, Hugo observaba a Enrique. Sabía con quién acababa de hablar y podía imaginarse perfectamente toda la conversación. Se imaginaba también cómo debía sentirse: una mezcla de abatimiento, decepción, rabia, pena, nostalgia… Desde luego, a él no le gustaría nada encontrarse dentro de su pellejo.

Colgó el auricular y, antes de que hubiera pasado un segundo, lo volvió a descolgar. Mientras marcaba el número de su hija, pensaba que ya sabía lo que ésta iba a decirle.

–Susana, soy yo –repitió el mismo saludo.

–¡Qué casualidad! Ahora mismo pensaba llamarte.

¡Qué casualidad!, la conversación se parecía demasiado a la anterior.

–Me apetecería mucho que mañana cenásemos todos juntos.

–Y a mí también.

–Pero no vamos a poder. Al jefe de Gustavo se le ha ocurrido que podíamos irnos a una sala de fiestas. Ya sabes: cena, cotillón, uvas... Esas cosas. ¿Te das cuenta?

–¿De qué?

–Para Gustavo es importantísimo que su jefe...

–Ya, ya... ¿Y Carlitos?

–Se quedará en casa. Pero no te preocupes por él, ya he contratado a una canguro para que le haga compañía.

–Podía haberme quedado yo con él.

–Hace mucho frío, papá. Será mejor que no salgas de casa, podrías pillar la gripe.

Enrique perdió todos sus ánimos y hasta las fuerzas imprescindibles para seguir hablando por teléfono. Aguantó unos comentarios más de su hija y, completamente abatido, colgó el auricular.

El relojero se quedó un instante de pie, como perdido en su propio taller, y luego se dejó caer sobre su silla, tras la mesa llena de piezas y herramientas. Y allí, como una estatua que representase la desolación de un hombre de nuestra época, permaneció largo rato sin moverse, casi sin parpadear. Más que nunca echaba de menos a Amalia, y a ella, como en tantas y tantas ocasiones, le abría su corazón:

«Sólo soy un estorbo para nuestros hijos y un aburrimiento para nuestros nietos. ¿Qué ha salido mal? Porque algo ha tenido que salir mal, algo ha tenido que fallar. Quizá ni tú ni yo hayamos tenido la culpa. Creo que mi amigo Luis Naredo, el anticuario, tenía razón cuando aseguraba que la culpa es de la época en la que estamos metidos, del mundo que nos ha tocado vivir, que avanza como un elefante borracho y ciego. Lo malo es que todos formamos parte de la sociedad y no podemos librarnos de ella. ¿Qué podríamos hacer para cambiarla? ¿Darle un puñetazo en la nariz, como dice Hugo? Dentro de poco tiempo, la sociedad me impedirá seguir trabajando y, a cambio, sólo me ofrecerá la posibilidad de languidecer día a día, como una planta a la que se deja de regar. Si, al menos, tú estuvieras a mi lado...»

Hugo intentó varias veces dirigirse a Enrique, hablarle de cualquier cosa, aunque fuera lo más intrascendente del mundo, para lograr que saliera de aquel ensimismamiento que no le parecía nada bueno. Pero, por más que lo intentó, no consiguió encontrar las palabras oportunas para romper el silencio.

Y así transcurrió el resto de la tarde.

A la hora de cerrar, Hugo recogió su mesa despacio, sin dejar de observar a Enrique, que, como un bulto informe, permanecía sin moverse, con los ojos muy abiertos y la vista fija en algún detalle de la pared de enfrente. Pensó Hugo que en aquellos instantes Enrique era la viva imagen de la derrota, pero que en sus manos estaba cambiar su amargo sino. ¡Le gustaría decirle tantas cosas! Y, sin embargo, qué difícil le resultaba articular una sola palabra.

Se puso el anorak y, antes de salir, se acercó hasta su mesa.

–¿Necesita algo?

Enrique pareció despertarse de un sueño. Miró a Hugo y se frotó los ojos con ambas manos.

–¿Qué decías? –preguntó.

–Si necesita algo, yo podría...

–Gracias, pero no necesito nada. Márchate ya. Y mañana no hace falta que vengas.

–¿Abrirá el taller?

–Sólo por la mañana. Pero tú puedes quedarte en casa.

–Entonces vendré.

Y Hugo se marchó pensando que debería haber intentado hablar con Enrique. Hablar de otras cosas, pero... ¡resultaba tan difícil hablar en algunas ocasiones!

31 de diciembre

SE extrañó al asomarse a la cocina y descubrir a su padre. No por el hecho de que se encontrara allí, sino porque estaba en pijama, despeinado, sentado a la mesa delante de una taza de café. Algo no cuadraba. Si su padre madrugaba, era porque tenía alguna entrevista de trabajo y, en esos casos, lo primero que hacía era ducharse y arreglarse de arriba abajo. ¿Qué hacía entonces tan pronto en pijama y con esa pinta?

–¿Hoy también tienes una entrevista?

–No –respondió secamente el padre.

–¿Y cómo has madrugado tanto?

–No podía dormir. Me he pasado la noche dando vueltas.

–¿Te encuentras mal?

–No estoy enfermo, pero ¿cómo quieres que me encuentre?

Hugo intuyó que la entrevista del día anterior no había salido bien y que su padre tendría que seguir peregrinando en busca de trabajo.

–No te preocupes.

–¡Cómo no voy a preocuparme! –estalló–. Dime cualquier cosa menos eso. Parecéis todos un disco rayado: no te preocupes, no te preocupes…

–Yo no te lo digo por decir. Creo que si la entrevista de ayer no salió bien, habrá otra.

–Sí, habrá otra, y otra… Pero todas serán igual. Mira, Hugo, el problema no es que las entrevistas salgan bien o mal. El problema es que tengo cuarenta y cinco años. Ése es el principal inconveniente. Por un lado, la sociedad me bombardea asegurándome que hoy día un hombre con cuarenta y cinco años está en plena forma; sin embargo, los mecanismos de esa misma sociedad me impiden encontrar un trabajo digno. ¿Tú lo entiendes?

Hugo negó con la cabeza mientras pensaba que quizá su padre también tenía motivos para detener el reloj de la Puerta del Sol y despertar así la conciencia de una sociedad despiadada e injusta. Habría que hacer una organización mucho más grande y poderosa que la de esos ancianos, una organización en la que, además de ellos, estuvieran los jóvenes, los parados y todos los que sienten y padecen algún tipo de marginación.

Cuando abrió la puerta del ascensor, oyó la voz de su madre.

–Espera, que yo también bajo.

Estuvo a punto de hacerse el sordo y bajar solo, pues se imaginaba lo que le depararía la presencia de su madre: alguna mirada torva, un silencio espeso y, finalmente, un torrente de reproches. Pero sujetó la puerta y esperó hasta que su madre entró en el ascensor.

–Pensé que el día de Nochevieja no tendrías que trabajar.

–Sólo por la mañana, como las tiendas –le explicó Hugo.

–¡Como las tiendas! –la madre negó con la cabeza–. Creo que pronto ni el día de Nochevieja nos libraremos de trabajar por la tarde. Ya trabajamos sábados, domingos, festivos... Y encima nos escamotean las horas extraordinarias y hasta las vacaciones. Los sindicatos piden una reducción de la jornada laboral, ¿para qué? Primero tendríamos que asegurarnos de que todo el mundo cumple la que está vigente.

Cuando el ascensor se detuvo en la planta baja, Hugo empujó la puerta y dejó el paso franco a su madre. Atravesaron el portal en silencio y salieron a la calle. El tiempo seguía obstinadamente frío y los dos, como guiados por el mismo instinto, se subieron el cuello de sus prendas de abrigo. Hugo pensaba que la organización que estaba diseñando en su mente también podía dar cabida a personas descontentas con su trabajo o con su modo de vida; pero entonces descubrió que no habría cabida para tanta gente, pues serían cientos de miles, o millones... Y si había tantísimas personas que no estaban a gusto en esta sociedad, ¿por qué no cambiaba de la noche a la mañana? ¿Quién o quiénes lo impedían? ¿Y por qué?

–¿Te gusta el trabajo? –le preguntó de pronto su madre.

–Ayer arreglé un reloj yo solo.

–Qué bien. ¿Eso significa que ya has decidido que vas a ser relojero?

–Enrique dice que es un trabajo con poco futuro.

Habían llegado a la boca del metro. La madre miró su reloj de pulsera e hizo un gesto de contrariedad, como dando a entender que ya iba con retraso. No obstante, antes de descender por las escaleras, se volvió a su hijo e inició una pregunta que no supo o no quiso terminar.

–¿Y entonces qué...?

Hugo miró a su madre y el rostro que descubrió, aunque era el mismo de siempre, le pareció distinto. Quizá por eso se encogió de hombros y dijo:

–No lo sé, mamá. No sé si quiero ser relojero, buscar otro trabajo o volver al instituto después de las vacaciones. ¿Tú nunca has tenido dudas?

Permanecieron unos segundos en silencio, sin bajar la vista, transmitiéndose con la mirada sus inseguridades y zozobras.

–Claro que sí –respondió al fin la madre.

Luego le dedicó una amplia sonrisa y, sin decir más, descendió por las escaleras a toda prisa y desapareció, tragada por el túnel y el gentío. Hugo la estuvo observando desde la acera y, cuando ya la había perdido de vista, aún siguió un rato mirando, como si esperase que por aquel túnel descendente fuese a encontrar la respuesta a todas las preguntas que su mente le estaba formulando.

Cuando llegó al taller, se encontró la puerta cerrada. Era temprano y decidió dar una vuelta por los alrededores, para hacer un poco de tiempo; aunque desde aquel instante tuvo el presentimiento de que Enrique Ginestal no acudiría como cada mañana al trabajo.

A la media hora decidió entrar a tomar algo en el bar de Marcelino; pero se detuvo en la puerta, pues no le apetecía tener que buscar una excusa para justificar la ausencia de Enrique. Continuó paseando por el barrio, aunque a paso más ligero, para tratar así de mitigar un poco el frío. No se alejaba mucho del taller y de vez en cuando pasaba junto a la puerta y se cercioraba de que seguía cerrada a cal y canto.

Cuando había pasado algo más de una hora, Hugo se metió en una cabina telefónica y marcó el número de Berta.

Con impaciencia escuchó los tonos de la llamada. Uno, dos, tres, cuatro… Sabía que después del quinto saltaba el contestador automático. Pero… ¿dónde se habría metido Berta a esas horas? Justo al final del quinto tono, y un momento antes de que saltara el contestador, notó que descolgaban y respiró tranquilo.

–¿Diga? –aunque algo irreconocible, era la voz de Berta.

–Berta, soy yo.

–Me has sacado de la cama.

–¿Y qué hacías durmiendo a estas horas?

–Tengo que aprovechar antes de que empiecen las clases. Además, te recuerdo que esta noche saldremos. ¿Quieres que me pase todo el tiempo bostezando?

–Enrique no ha llegado todavía al taller –Hugo decidió ir al grano cuanto antes.

–A lo mejor no se encuentra bien.

–Estoy seguro de que se encuentra perfectamente. ¿No lo entiendes, Berta? ¡Va a acudir a la cita!

–¿Con… la maleta?

–Pues claro. Ayer debió de llevársela a su casa.

–Y tú… ¿qué piensas hacer?

–Iremos directamente a la Puerta del Sol.

–¿Iremos?

–¿No quieres acompañarme?

–Me gustaría; pero me ha costado mucho trabajo convencer a mis padres para que me dejen salir esta noche, si encima ahora me marcho…

–Paso a buscarte –la cortó Hugo–. Te espero en la puerta de tu casa dentro de quince minutos.

–¡Estoy en pijama y ni siquiera me he lavado la cara!

–Bueno, pues dentro de media hora.

–Una hora. Hay tiempo de sobra.

–Media hora.

–Una hora.

Y Berta cortó la comunicación, sin duda para no dar su brazo a torcer.

Berta salió a la calle a los cincuenta minutos y lo primero que vio fue a Hugo apoyado en una farola. Por su inmovilidad parecía haberse convertido en una estatua. Se dirigió a él y, cuando estuvo a su lado, se quedó mirándolo fijamente.

–¿Estás bien? –le preguntó.

–Si tardas un minuto más, me quedó tan tieso como esas pescadillas congeladas que venden en el mercado.

Luego se abalanzó sobre Berta y trató de abrazarla, pero ella lo rehuyó.

–Quita, quita...

–Dame un poco de calor, apiádate de mí –Hugo adoptó una cómica actitud suplicante.

–No quiero que nos vean las vecinas y luego vayan a chismorrear a mi madre.

Tomaron el metro hasta la Puerta del Sol. El calor siempre un poco viciado de los vagones, a resguardo de vientos del norte y de aguanieves, reconfortó a Hugo.

Cuando salieron de nuevo a la calle, ya en la célebre plaza, se cercioraron de que aún faltaba casi una hora para las doce y, por consiguiente, para la cita. Después de deambular un rato, decidieron entrar en una tienda de discos y, mientras miraban por los expositores, diseñaron su plan de actuación.

–Esta vez será mejor que no nos vea ni el propio Enrique –decía Hugo–. Él ha preferido venir solo y debe creer que está solo.

–Entonces tendremos que vigilar a más distancia.

–Buscaremos un sitio donde ocultarnos. Quizá detrás de un quiosco de periódicos, o desde dentro de una de las tiendas que dan a la plaza.

–¿Y cuando entre en el edificio del reloj?

–Mientras esté dentro del edificio no podremos hacer nada. Sólo esperar.

–¿Y si le ocurre algo dentro?

Hugo miró a Berta un instante, se encogió de hombros, como dando a entender que no había respuesta posible para esa pregunta, y continuó mirando con indiferencia los discos.

A las doce menos cuarto se situaron junto a la puerta acristalada de la librería de unos grandes almacenes, la misma librería en la que Enrique había comprado un ejemplar de *La sonrisa etrusca* dos días antes. Era un sitio realmente estratégico, pues desde allí dominaban gran parte de la plaza y, lo que era más importante, estaban a muy pocos metros de la estatua del oso y el madroño, punto de encuentro entre Enrique y Mercedes.

A las doce menos cinco llegó Mercedes. Se cercioró de que Enrique aún no había llegado y paseó por la zona, sin alejarse en ningún momento de la estatua.

A las doce menos dos minutos, Hugo y Berta se sobresaltaron al oír una voz a sus espaldas.

–¿Qué hacéis aquí?

Se volvieron al instante y descubrieron al vigilante uniformado de la librería: muy alto y macizo, cercano al sobrepeso, con inequívoco aire de perdonavidas... Hugo reaccionó enseguida.

–Estamos esperando a nuestros padres. Como el aparcamiento de los almacenes estaba completo, han ido a dejar el coche en el de la plaza Mayor.

El vigilante los miró por encima del hombro y se retiró.

A las doce y cinco, Enrique aún no había llegado y se podía adivinar en los gestos de Mercedes cierto nerviosismo.

–Creo que a Enrique le gusta –dijo entonces Hugo a Berta.

–¿A qué te refieres? –preguntó la muchacha desconcertada.

–A Mercedes –aclaró Hugo–. Creo que a Enrique le gusta Mercedes.

–¿Estás seguro?

–No.

–¿Y estás seguro de que vendrá?

–Tampoco.

A las doce y diez los corazones de Hugo y Berta comenzaron a latir a toda velocidad. Habían descubierto entre la multitud que recorría la plaza en todas direcciones la figura inconfundible de Enrique, con su abrigo abrochado, una bufanda enroscada al cuello y, lo que era mucho más importante, la maleta en la mano.

Mercedes se dirigió resuelta hacia él. Enrique por un momento creyó que iba a besarle, igual que había hecho cuando se habían despedido el primer día; pero ella parecía contrariada por algo. Su rostro, su hermoso rostro, había perdido toda su serenidad y mostraba a las claras una gran inquietud.

–¿Por qué ha llegado tarde? –le reprochó.

–El tráfico... –respondió algo confuso Enrique–. Tomé un taxi, pero un día como hoy...

–Debería haberlo previsto con antelación.

Y sin decir más, la mujer lo cogió del brazo que le quedaba libre y comenzó a caminar muy deprisa en dirección al edificio del reloj.

–Lo siento... –balbució Enrique al cabo de un instante.

–Un retraso puede resultar fatal –se limitó a responder la mujer. Y luego, mirando de reojo la maleta, le preguntó–: ¿Pesa mucho?

–No.

–¿Quiere que caminemos más despacio?

–No.

Un par de policías armados vigilaban la entrada principal del edificio del reloj. Enrique y Mercedes, que seguía agarrada a su brazo, pasaron junto al enorme portalón sin detenerse y lo bordearon por la calle Carretas. Entonces se acercó a ellos un hombre vestido de uniforme, uno de esos uniformes que suelen llevar los conductores de los coches oficiales. Sin decir nada, le quitó a Enrique la maleta de las manos y la metió en un coche que estaba aparcado allí mismo, medio subido a la acera. Lo puso en marcha y se alejó.

–Él introducirá la maleta en el edificio –le dijo Mercedes.

–Y nosotros... ¿cómo vamos a entrar? –preguntó entonces Enrique, visiblemente asustado.

–Todo está previsto.

Antes de llegar a una pequeña puerta, que se abría en la parte posterior del edificio y a la que se accedía por un callejón, Mercedes se soltó del brazo de Enrique, abrió su bolso y sacó dos tarjetas de plástico con pinzas, de las que se usan para identificación en los lugares públicos. Una, en la que podía verse su fotografía, se la colocó en la solapa. La otra, en la que con letras grandes estaba escrita la palabra «visita» junto a una serie de números y letras, como formando una clave, se la colocó a Enrique.

Pasaron junto a un policía, que se limitó a saludarlos con un ligero movimiento de su cabeza y atravesaron el arco detector de metales sin problema. Cuando Enrique se encontró caminando por un largo pasillo, respiró profundamente.

–¿Cómo lo ha conseguido? –preguntó.

–No pregunte ahora –le respondió Mercedes.

Recorrieron pasillos muy largos, casi siempre oscuros y solitarios, atravesaron estancias enormes, vestíbulos desangelados, subieron por escaleras secundarias, evitando siempre los ascensores, y al fin llegaron al lugar donde se encontraba el reloj, una torreta incorporada con posterioridad al edificio. Junto a la puerta, solitaria, les esperaba la maleta.

–Tendrá que sincronizar los mecanismos para que el reloj se pare justo cuando comience a dar las campanadas. ¿Podrá hacerlo?

–¿Prefiere una campanada en concreto? ¿La tercera? ¿La quinta? ¿La duodécima?

Mercedes lo miró un poco sorprendida.

–¿Quiere decir que, incluso, podría detener el reloj en una campanada concreta?

–Elija una.

–Siempre me ha gustado el número siete.

–El siete es el número del Apocalipsis.

–No saque conclusiones tan rebuscadas. Puestos a buscar una explicación, siete puede corresponder a siete décadas, setenta años. Es el momento en que los ancianos nos convertimos en un estorbo para la sociedad.

–Siete décadas –susurró Enrique para sí–. Siete campanadas.

Luego, la mujer le señaló unas cajas de madera amontonadas en un rincón.

–Se están haciendo obras de remodelación en el edificio, por eso todo está muy desordenado aquí dentro. ¿Ve esas cajas? Yo misma las traje hace días. El relojero oficial ya se ha acostumbrado a verlas. En ellas deberá esconder el mecanismo de relojería que, a distancia, hará funcionar el artilugio que colocará en el reloj. Asegúrese bien de que ese artilugio quede bien camuflado en el engranaje, de manera que ni el relojero oficial pueda descubrirlo.

–Han elegido a la persona ideal –dijo Enrique.

–Tiene exactamente cincuenta minutos para hacer su trabajo.

Mercedes se marchó y Enrique se quedó solo en el interior de la torreta. Durante unos minutos no pudo reaccionar. Había oído hablar mucho de aquel reloj, incluso había estudiado sus características en un libro; pero nunca había imaginado que podría encontrarse prácticamente dentro de su maquinaria, casi como una pieza más del engranaje. Le iba a resultar muy difícil hacer un trabajo como aquél.

Pero el triste recuerdo del amigo muerto y de las dos conversaciones telefónicas que había mantenido la tarde anterior con sus hijos le hizo ponerse manos a la obra.

Abrió la maleta. Sacó el mecanismo de relojería y echó un vistazo a una hoja de instrucciones. Para un hombre con su experiencia, aquello no encerraba ningún misterio. Sería muy fácil activar todos los resortes. La mayor dificultad consistiría en sincronizarlo a la perfección con el artilugio que debía insertar en la maquinaria del reloj.

De pronto se sorprendió hablando solo:

–Algo muy serio tiene que estar pasando para que de repente todos los ancianos de Europa se hayan vuelto locos.

Poco antes de cumplirse los cincuenta minutos, Enrique había terminado su trabajo. La cuenta atrás había comenzado. Tal como le había dicho Mercedes, escondió el mecanismo electrónico entre las cajas de madera, que estaban amontonadas en un rincón de la torreta. El artefacto haría saltar en el momento preciso un resorte del artilugio que había instalado en el reloj. Y ese resorte bastaría para detener la máquina.

Mercedes llegó con puntualidad y le preguntó:

–¿Ha terminado ya?

–Sí –Enrique señaló las cajas de madera.

–Perfecto. Coja la maleta y acompáñeme.

En silencio iniciaron el camino hacia la salida. Bajaron por las mismas escaleras, atravesaron las mismas estancias y los mismos vestíbulos desangelados.

En la puerta de la calle permanecía el mismo policía. Pasaron a su lado sin inmutarse y por el callejón salieron a la calle Carretas. Allí se quitaron las tarjetas de plástico y ella volvió a cogerlo del brazo.

–Sujéteme fuerte, de lo contrario creo que las piernas se me doblarán como si fueran de goma –le dijo Enrique a la mujer.

Los nervios que había controlado durante el tiempo que había estado dentro del edificio se le manifestaron a la vez.

–Nos alejaremos un poco y luego tomaremos algo.

Mercedes se aferró a su brazo y lo condujo calle arriba, en dirección a la plaza de Benavente. Y aunque casi los rozaron, ninguno reparó en una pareja de jovenzuelos que miraba con fingido interés el escaparate de una tienda de artículos ortopédicos: plantillas, piernas articuladas, bragueros para herniados... Hugo y Berta habían pegado tanto sus rostros al cristal del escaparate, que dejaron en él impresa la huella de sus mofletes.

Bajaron por la calle de Atocha y, a la altura del teatro Monumental, Enrique tiró la maleta en un contenedor lleno de escombros.

–¡Qué ganas tenía de hacerlo!

Al llegar a la glorieta de la estación decidieron entrar en un bar para tomar algo. Consideraron la posibilidad de bajar al jardín tropical de la propia estación, pero al final optaron por un bar grande y bullicioso.

–Me tomaré una tila –dijo Enrique–, a ver si me calma un poco los nervios.

Mercedes sonrió y llamó la atención de uno de los camareros.

–Una botella de cava con dos copas –le solicitó.

–¿Cava? –se sorprendió Enrique.

–Brindaremos por el éxito de la «Operación Hexágono».

Se sentaron a una mesa y, mientras bebían el cava, charlaron amigablemente.

–Creo que, después de la experiencia que hemos vivido juntos, deberíamos empezar a tutearnos.

–Me parece muy bien.

Desgranaron temas, saltando con enorme facilidad de unos a otros, hasta que al final cayeron sin darse cuenta en la cruel realidad.

–Supongo que esta noche cenarás con tu hija –le dijo Enrique.

–Mi hija es doña Atareada –respondió Mercedes, con una sonrisa melancólica dibujada en sus labios–. Siempre tiene cien cosas que hacer y lo malo es que entre esas cien cosas casi nunca figura hacer una visita a su madre, aunque sea el día de Nochevieja.

–¿Cenarás sola?

–Sí. Y estaré muy pendiente de la tele, sobre todo cuando comiencen las campanadas.

Enrique iba a decirle a Mercedes que él también cenaría solo, que sus hijos tampoco tenían tiempo para visitarlo de vez en cuando; pero ella miró su reloj de pulsera y se levantó de la silla. Se les había pasado el tiempo volando.

Salieron del bar y Mercedes le señaló a Enrique una parada de autobús.

–Ese autobús me deja en la puerta de mi casa.

El relojero, de pronto, sintió una especie de angustia, motivada por la posibilidad de que Mercedes desapareciera en ese momento y nunca más volviera a verla.

–Me gustaría verte otro día –le dijo.

Mercedes le sonrió mientras abría su bolso. Rebuscó en su interior hasta que sacó una tarjeta de visita; se la entregó y luego corrió hasta la parada para no perder el autobús que en esos momentos estaba recogiendo viajeros.

Enrique observó cómo se alejaba el autobús y, después de guardarse la tarjeta, paró uno de los muchos taxis que circulaban en esos momentos por la glorieta. No se dio cuenta de que, en la acera opuesta, Hugo y Berta agitaban los brazos para llamar su atención.

La hora H

HACÍA tiempo que Enrique había terminado de cenar. Incluso, ya había retirado de la mesa los platos, los vasos, los cubiertos... Había dejado el mantel puesto, sobre el que sólo quedaban una copa y una bandeja con un poco de turrón y otros dulces.

Sentado en el sofá, con los pies estirados sobre la mesa baja, contemplaba la televisión con el mando a distancia en la mano. Saltaba de un canal a otro. Todos emitían programas similares.

De buena gana habría apagado el televisor; pero no podía hacerlo, al menos hasta las doce de la noche. Tenía que comprobar si el reloj se detenía en el momento preciso, y sólo podía descubrirlo a través de la televisión, en directo.

¿Alguien quería emociones para comenzar el año nuevo? Pues él estaba a punto de proporcionárselas. ¿Cómo se llamaba ese tipo de programas? *¿Reality show?*

Le sorprendieron sus propios pensamientos. Pero... ¿qué había cambiado en su vida para tomar una determinación así?

Pasaba de un canal a otro constantemente, sin detenerse en ninguno. Con impaciencia aguardaba la conexión con la Puerta del Sol para seguir la retransmisión de lo que popularmente se conoce como «las campanadas».

Cuando ya quedaban pocos minutos para las doce, varias cadenas de televisión conectaron en directo con la Puerta del Sol. Dieron planos panorámicos de la plaza, que como de costumbre estaba llena de gente que bailaba y saltaba, y luego las cámaras se fueron concentrando en algunos grupos de personas.

Fue entonces cuando Enrique creyó descubrir unos rostros conocidos entre la multitud. Aguzó la vista y se levantó, incluso, para acercarse más a la pantalla del televisor. Pero los planos eran muy rápidos y cambiaban constantemente.

«¿Serían ellos?», se preguntó.

Luego los planos fueron alternando el rostro risueño de los elegantes locutores con el famoso reloj, el famosísimo reloj.

Enrique sintió un último remordimiento.

«¿Cómo es posible que un relojero como yo, que ama su trabajo, que es capaz de admirar el engranaje de una maquinaria perfecta, la delicadeza de una campanada, haya podido hacer semejante cosa? Perdóname, querido Losada.»

Losada era el nombre del relojero leonés que, a mediados del siglo XIX, había realizado aquel extraordinario reloj de tres esferas.

Pero ya no había tiempo para rectificar y, además, no se arrepentía de su acción. De todas formas, le satisfizo comprobar que a última hora sus sentimientos evocaban un recuerdo emocionado del reloj y de su constructor. Eso estaba bien y decía muchas cosas de su profesionalidad, de la que siempre había presumido. Este simple detalle lo llenó de orgullo.

Faltaba menos de un minuto para que comenzasen a sonar las campanadas. El locutor se afanaba por explicar que no había que confundir los cuartos con las propias campanadas e insistía en que todo el mundo tuviera preparadas las uvas.

Primero se escuchó un repiqueteo característico.

Luego comenzaron los cuartos.

Rotunda, inconfundible, sonó la primera campanada. El locutor gritó para dar la señal de partida.

Sonó la segunda campanada. El ruido de la plaza se aminoró de forma considerable.

Sonó la tercera campanada y Enrique Ginestal tragó saliva.

Sonó la cuarta campanada y Enrique Ginestal se pasó el dorso de la mano por la frente y descubrió que estaba sudando.

Sonó la quinta campanada y Enrique Ginestal retiró las piernas de la mesa baja, donde las tenía apoyadas, y las flexionó; todo su cuerpo se encontraba en tensión.

Sonó la sexta campanada y Enrique Ginestal contuvo la respiración.

Sonó la séptima campanada.

Y a la séptima campanada sucedió un ruido extraño, como el crujido de algo que se hubiera roto. Y después el silencio.

El plano de la televisión permanecía fijo sobre el reloj, como esperando que, aunque con retraso, se reanudasen las campanadas. Los locutores no sabían qué decir. El público que llenaba la plaza había enmudecido con una uva entre los dedos.

El tiempo, misteriosamente, parecía haberse detenido.

Enrique Ginestal apretó el botón rojo del mando a distancia y el televisor se apagó.

Se dejó caer contra el respaldo mullido del sofá y respiró varias veces en profundidad. Luego se levantó y caminó hasta la cocina. Abrió la nevera y sacó una botella de cava. Con ella regresó al salón. Iba a descorcharla, pero miró la copa solitaria que seguía sobre la mesa y se detuvo.

Se puso las gafas, descolgó el auricular del teléfono, sacó de uno de sus bolsillos una tarjeta de visita y marcó un número. Con una mano sostenía el auricular; con la otra, la botella.

–¿Mercedes?

–Sí, soy yo.

–Feliz año nuevo.

–Feliz año nuevo, Enrique.

–Tengo una botella de cava en la mano. Pensaba que podíamos tomarla juntos.

–Buena idea.

–¿En tu casa o en la mía?

–¿Qué te parece en la mía?

Hugo encontró una cabina telefónica al comienzo de la calle de Montera. Entró con Berta y buscó en su cartera el papelito donde tenía anotado el número de Enrique. Estaban rodeados por una masa de gente que, aún sorprendida y desconcertada, desde la Puerta del Sol ascendía hacia la Red de San Luis.

Hugo marcó el número y enseguida puso un gesto de contrariedad.

–¿Qué ocurre? –le preguntó Berta.

–Está comunicando.

Colgó y volvió a marcar por segunda vez, pero el teléfono no había dejado de comunicar.

–Será mejor intentarlo dentro de un rato.

Salieron de la cabina y se dejaron llevar por el río de gente. Sólo al llegar a la Gran Vía encontraron un poco de alivio. Giraron en dirección a Callao, donde habían quedado con un grupo de amigos.

Frente a la Casa del Libro, una pareja de mediana edad escuchaba atentamente un transistor. Intuyendo que alguna emisora ya estaría informando de lo sucedido, Hugo se acercó y les preguntó:

–¿Están diciendo algo del reloj?

–De los relojes –puntualizó el hombre.

–Acabamos de oír un avance informativo –les explicó la mujer–. Parece ser que esta noche se están parando algunos relojes famosos en distintas ciudades de Europa al dar las últimas campanadas del año.

–Debido a la diferencia horaria, el primer caso se ha detectado en Atenas –continuó el hombre–. Y es posible que aún se pare algún reloj en Gran Bretaña, donde todavía no son las doce.

–¡Qué extraño! –fingió Hugo, sin poder evitar el asomo de una sonrisa.

–No es extraño –añadió la mujer–. Una organización internacional de ancianos acaba de hacer público un comunicado reivindicando lo sucedido.

–¿De ancianos? –fingió sorprenderse también Berta–. ¿Y qué pretenden?

–Según han explicado, detener el tiempo un instante para que la sociedad reflexione sobre sus problemas.

–¡Qué locura tan maravillosa! –exclamó Hugo.

Poco antes de llegar al lugar de encuentro con los amigos, Hugo y Berta volvieron a meterse en una cabina telefónica y volvieron a marcar el número de Enrique.

–¿Comunica? –preguntó Berta al cabo de un rato.

–No hay nadie en casa –respondió Hugo.

Los amigos les hacían señas desde las escaleras del cine Callao.

Índice

Títulos publicados

1. Robert Swindells, *Calles frías*
2. Heinz Delam, *La maldición del brujo-leopardo*
3. José María Latorre, *Una sombra blanca*
4. Oriol Vergés, *Un pueblo contra los Hamid*
5. Anja Tuckermann, *Muscha*
6. Manuel L. Alonso, *Malos pasos*
7. José Luis Velasco, *Atrapado en la oscuridad*
8. Käthe Recheis, *Londres, 13 de julio*
9. Alfredo Gómez Cerdá, *El beso de una fiera*
10. Concha López Narváez y Carmelo Salmerón, *El visitante de la madrugada*
11. Javier Alfaya, *El año del milagro*
12. Gonzalo Moure, *El alimento de los dioses*
13. Fernando Lalana, *El paso del estrecho*
14. Gillian Cross, *Destellos en la noche*
15. Heinz Delam, *La selva prohibida*
16. Jordi Sierra i Fabra, *Retrato de un adolescente manchado*
17. Uri Orlev, *Soldados de plomo*
18. José María Latorre, *La leyenda del segundo féretro*
19. Els de Groen, *Casa sin techo*
20. Eliacer Cansino, *El misterio Velázquez*
21. Klaus-Peter Wolf, *La última oportunidad*
22. Jordi Sierra i Fabra, *Un hombre con un tenedor en una tierra de sopas*
23. Werner Raith, *Hijo de un traidor*
24. Vicente Muñoz Puelles, *La isla de las sombras perdidas*
25. Manuel L. Alonso, *Pájaros en la tormenta*
26. Christian Grenier, *El ordenador asesino*
27. Heinz Delam, *Likundú*
28. Concha López Narváez y Miguel Salmerón, *Hola, ¿está María?*

PARALELO CERO

Este libro se terminó
de imprimir en los
talleres gráficos
de Unigraf, S. L.,
en el mes de febrero de 2004